Zu diesem Buch

Unter der alten Decke sah der Tote im Mondlicht aus wie ein zu groß geratener Maulwurfshügel.

Auf die Polizei würden wir noch ein paar Stunden warten müssen. Das Boot vom Festland konnte erst mit der Flut kommen.

Es war zum Verrücktwerden: Erst hatte jemand dem komischen kleinen Botaniker den Hut vom Kopf geschossen; dann hatte mein Kameramann einen Streifschuß abgekriegt, und jetzt war der Toningenieur tot. Und das auf der winzigen Vogelinsel, auf der man nur mit Sondergenehmigung landen darf. Auf der normalerweise nur zwei Menschen lebten – der Inselvogt und seine Tochter. Auf der sich gegenwärtig nur sechs Menschen aufhielten – nein, fünf; Harry war ja tot... Fünf Menschen also und ein Toter: die beiden ständigen Bewohner, der kleine Botaniker, der die Inselflora studierte, und wir drei – nunmehr zwei – Fernsehleute.

Nach keinem der drei Attentate war eine Spur von dem geheimnisvollen Schützen zu finden gewesen. Wer immer es war – es mußte ein Irrer sein. Ein Irrer allerdings, der fliegen konnte. Oder auf den Wellen schreiten. Oder sich unsichtbar machen.

Oder alles miteinander ...

Ich verfluchte den Tag, an dem ich auf die Idee gekommen war, diesen Möwenfilm zu drehen.

Hansjörg Martin, 1920 in Leipzig geboren, war ursprünglich Maler und Graphiker. Nach dem Krieg arbeitete er als Clown, war Bühnenbildner und Dramaturg, bevor er zu schreiben begann.

Seit 1963 ist er freier Schriftsteller. Inzwischen hat er Romane und Kurzgeschichten geschrieben, dazu Kinder- und Jugendbücher. Nach vielen seiner Romane sind Filme und Fernsehspiele entstanden. Übersetzungen erschienen in vielen europäischen Ländern und den USA. Die Gesamtauflage seiner Bücher liegt inzwischen bei rund 4,5 Millionen Exemplaren.

Hansjörg Martin

Bei Westwind hört man keinen Schuß

rororo

Rowohlt

rororo thriller
Herausgegeben von Bernd Jost

Sonderausgabe
Veröffentlicht im Rowohlt Taschenbuch Verlag GmbH,
Reinbek bei Hamburg, April 1995

Umschlaggestaltung Walter Hellmann
(Illustration Frank Nikol)
Gesetzt aus der Garamond bei
Otto Gutfreund & Sohn, Darmstadt
Gesamtherstellung Clausen & Bosse, Leck
Printed in Germany
500-ISBN 3 499 43213 7

Die Hauptpersonen

Die Leute von der Insel:

Dirk Dirksen	kann Jungvögel zart und Menschen hart anfassen.
Swantje Dirksen	ist schon auf dem Festland gewesen – mehrmals, bitte sehr!

Der Gast:

Dr. Schlünz	sammelt seltene Pflanzen und lehnt es ab, Fisch zu essen.

Das Fernseh-Team:

Anselm Kiwitt	schlichtet Streit und findet einen Toten.
Harry Jungnickel	spielt auf der Gitarre und mit Mädchenherzen.
Jochen Kieselack	hat erst redliche Absichten und dann Handschellen an.

Die Polizisten:

Fokko Hallenga	kennt die Verhältnisse, aber das hilft nicht weiter.
Kommissar Lehmann	versucht, den Fall mit Filzstiften zu lösen, und greift daneben.
Alfred Cerwinkowialsky	wird der Einfachheit halber Alfred genannt.

Dies ist ein Roman; die auftretenden Personen sind ebenso frei erfunden wie die geschilderten Ereignisse, und jede Ähnlichkeit mit realen Personen oder Ereignissen wäre rein zufällig. – Nur die Insel existiert tatsächlich. Aber sie heißt anders.

Für meine Freunde
an der Küste:
Eili,
Frerich
und
Gerd
– und für die Möwen,
natürlich. HjM

... das ausgedehnte Tief, das sich von Schottland bis zur Biskaya erstreckt, wandert langsam südwärts und beeinflußt unser Wetter. An seiner Ostflanke dringt kalte Meeresluft vor allem in den norddeutschen Raum.

Die Aussichten für Montag, den 3. Juni: Bedeckt mit gelegentlichen Aufheiterungen. Niederschläge, besonders im Küstengebiet. Neigung zu Schauern. Auffrischende Winde aus nördlicher Richtung, später auf West drehend, in Böen bis Stärke acht...

I

Ich habe schon manches erlebt, was mir die Sprache verschlagen hat. Atemberaubende Sachen, dramatische Begebenheiten, seltsame Begegnungen, unerwartetes Glück, leidenschaftliche Liebesgeschichten, häßlichen Haß – alles mögliche.

Und doch gibt es für mich ein paar ganz simple Situationen, bei denen mir immer wieder die Luft wegbleibt, obschon ich vorher weiß, was auf mich zukommt. Und obschon ich das, was mich sprachlos macht, bereits hundertmal gesehen habe, bin ich dennoch jedesmal wieder für lange Sekunden atemlos...

Wir waren seit vier Stunden unterwegs an diesem Montagmorgen.

Zunächst 150 Kilometer Autobahn. Ziemlich mühsam, wegen der vielen Baustellen. Dann ein asphaltierter Anachronismus über 114 weitere Kilometer... Der gesamte Fernlastverkehr Nordeuropas schien sich ausgerechnet diese Straße, die schmal und glatt und schlängelig war wie ein sterbender Aal, ausgesucht zu haben, um Fleisch, Fisch, Futtermittel, Fässer und alles nur denkbare Frachtgut irgendwohin zu befördern.

Wir hatten nach anfänglichen selbstmörderischen Überholversuchen kapituliert und zuckelten nun, von dicken Dieseldünsten umwölkt, im Sechziger-Tempo durch die Landschaft, lutschten Bonbons, rauchten Zigaretten, tauschten Studio-Klatsch aus und erzählten wechselseitig Witze.

Jochen Kieselack fuhr den Kombi. Das war gut; er fährt so ruhig und sicher, wie er auch mit seiner Kamera umgeht. Ich fahre gern mit ihm, wie ich auch gern mit ihm arbeite. Es gibt kaum bessere Kameraleute als ihn. Vielleicht sind einige mit mehr Tricks vertraut oder mit größerer Genialität ausgerüstet – aber so zuverlässig ist keiner, den ich kenne.

Hinter uns, zwischen Kisten und Kabeln, saß Harry Jungnickel, der neue Assistent; ein frech-wacher, fixer Bursche, schnell und schnoddrig, vorwitzig und verwegen – kurz: genau das Richtige für einen Kamera-Assi.

Wenn alles andere klappte, wenn die Möwen mitspielten, wenn das Wetter mitmischte, konnte der Film in fünf Tagen im Kasten sein.

Nach vier Stunden Landschaft, Lastwagen und lahmarschiger Fahrerei erreichten wir endlich das flache Land hinter den Deichen, wo die Bäume sich auch dann vor dem Wind verbeugen, wenn er gar nicht weht.

Dann die Fünf-Sekunden-Steigung über den Damm, und – aahh! – Die See... und meine immer wiederkehrende Atemlosigkeit vor der unendlichen Wasserfläche; dieses unerklärliche, beklemmende Glücksgefühl, das ich nirgendwo anders habe – nicht in den Bergen, nicht im Flugzeug, nicht in den Armen einer Frau, nicht angesichts eines Bündels unverhoffter Geldscheine –, nirgends sonst, nur beim ersten Blick über den Deich auf die graublaue oder grüne, lehmgelbe oder schwarze oder silbrige See.

Das dauert immer nur ein paar Sekunden; ich überwinde es – leider und Gott sei Dank – schon mit dem ersten tiefen Atemzug... Ich weiß nicht, ob es vielen Menschen so geht wie mir.

Allen bestimmt nicht; Harry Jungnickel in meinem Rücken zündete sich ungerührt eine Zigarette an und meinte: «'ne Menge Wasser, wie?»

Jochen Kieselack schwieg, blinzelte unter seinen erstaunlich langen Wimpern, um die ihn sicher schon manches Mädchen beneidet hatte, und fuhr dann den Wagen langsam auf die breite Mole.

Es war ein kühler Montag Anfang Juni, zehn Tage vor Pfingsten, bedeckt und frisch, aber trocken. Außer einem Lieferwagen und einem Polizeiauto standen höchstens zehn, zwölf Kraftfahrzeuge dort, wo zur Saison viele hundert parken.

Wir fuhren an einem Verbotsschild vorbei, um den Kutter zu suchen, der uns erwartete, und setzten damit vollautomatisch das Obrigkeits- und Ordnungsvehikel in Bewegung.

In schneidigem Bogen preschte es heran; es fehlte nur noch Sirene und Blaulicht.

Ein rotgesichtiger Dickkopf mit weißer Mütze schwenkte den Arm aus dem Autofenster.

Wir hielten an.

Sie sprangen zu zweit heraus, einer links, einer rechts, als gelte es, eine Bande von Terroristen oder Chicago-Gangstern zu umzingeln, und kamen auf uns zu. Der Dickkopf brüllte schon fünf Schritt vor unserem Wagen: «Können Sie nicht lesen?»

Ich kurbelte gemächlich mein Fenster herunter, sagte: «Mahlzeit, Herr Hauptwachtmeister!» und gab mir Mühe, meine mir von den Ordnungshütern in jahrelanger Kleinarbeit anerzogene Antipathie zu unterdrücken. «Was gibt's denn?» fragte ich also lächelnd.

«Was es gibt?» Der Mitmensch in Uniform stand nun vor dem offenen Autofenster; er stützte die Fäuste in die Hüften und redete immer noch so laut, als ob er's mit Schwerhörigen oder Ausländern zu tun hätte: «Eine gebührenpflichtige Verwarnung gibt's, werter Herr; Sie haben eben ein Verbotsschild überfahren!»

«Na, so was!» sagte ich.

«Ei, der Daus!» rief Harry von hinten.

«Potzblitz!» sagte Jochen am Lenkrad.

Aber wir blieben alle drei ganz ernst.

Der zweite Polizist hatte sich, da er ein Wesen niederen Dienstranges war, zwei Schritt hinter den Dickkopf gestellt und blickte uns, die Hände auf dem Rücken, in der Reihenfolge unserer Äußerungen an. Er trug einen dunklen Schnauzbart und sah eigentlich eher wie ein Jazzmusiker aus. Ich hatte den Eindruck, daß er unter dem Bart griente.

Der Dickköpfige, von unserer Reaktion zunächst irritiert, begann sich aufzupumpen – es hatte Ähnlichkeit mit den Flugvorbereitungen eines Maikäfers. Aber dann schweifte sein Steckbrief-Suchblick von unseren Gesichtern ab und fiel auf die Beschriftung an der Tür des Kombiwagens. Die mühsam gepumpte dienstliche Entrüstungsluft entwich durch seine Knubbelnasenlöcher. «Ach so», sagte er in Moll. «Sie sind die Leute vom Fernsehen!»

«Gewiß doch, Herr Hauptkommissar, wenn's beliebt», pflichtete ich ihm bei.

«Ja, ja, ich weiß schon», sagte er, gewann allmählich seine Sicherheit zurück und wurde nun ganz der Freund und Helfer aus dem Werbeprospekt für den Polizeinachwuchs. «Die *Wiebke* wartet schon auf Sie – drüben, auf der anderen Seite der Mole... Wir fahren eben voraus.» Er machte mit einem Zwei-Finger-Tip an den Mützenschirm kehrt, stieg neben dem Bärtigen in den Streifenwagen und fuhr vor uns her die Mole entlang, um die Gebäude der Reederei herum, an zwei weißen Fährschiffen vorbei, und hielt schließlich neben einem Motorkutter, dessen Bug der Name *Wiebke* zierte.

Dort stieg der Herr Untergebene aus und rief einem Mann in Rollpullover und Overall, der an Bord des Kutters auf einer Kiste saß, zu: «Dien Feernsehlüd, Freerk!»

«Ward ook Tied; denn man to!» rief der Freerk genannte zurück und erhob sich. «Wie hebb no 'n knappen Stünd bis Hochwasser!»

Aus diesem Dialog entnahm ich, daß es eilig war, stieg aus, winkte dem Kutterkapitän zu und machte die Rückklappe des Kombis auf.

«Sollen wir helfen?» fragte der Schnauzbart-Polizist. «Der Schipper hat Sorge, daß er nicht mehr durchs Watt kommt, wenn Sie noch lange zum Umladen brauchen.»

«Ja, bitte!» sagte ich.

So kam es, daß wir zu siebt – wir drei, die zwei Polizeibeamten, der Kapitän und sein langer, schlaksiger Bootsmann oder Steuermann oder Vollmatrose oder was weiß ich – eine Kette bildeten und in schöner Harmonie innerhalb zehn Minuten unseren ganzen Kram an Bord hatten, wo alles auf dem Vorderdeck von Jochen verstaut und vom Vollmatrosen mit einer großen Plane zugedeckt wurde: Kisten, Kasten, Kabel, Kameras, Koffer, Lampen, Stative und so weiter.

«So 'n Haufen Zeug!» sagte der plötzlich so nett gewordene Dickkopf mit der weißen Mütze erstaunt. «Was wird das denn für 'n Film?»

«Ein Krimi!» grinste Harry.

Wenn er gewußt hätte, wie schrecklich recht er behalten sollte, hätte er sicher nicht gegrinst.

«Was wollen Sie denn nun wirklich für 'n Film auf Melloog drehen?» fragte mich der Schiffer eine Viertelstunde später in langsamem Hochdeutsch, das ihm offensichtlich Mühe machte, nachdem der Kutter abgelegt hatte und die Fahrrinne entlang hinaus ins Watt tukkerte.

«Einen Möwenfilm», sagte ich. «Den Titel wissen wir noch nicht. Erst mal sehen, was dabei rauskommt.»

Wir standen zu dritt auf der Brücke (oder heißt das bei Kuttern Ruderhaus?): der Käptn, Jochen und ich. Harry saß in einem Windschattenwinkel an Deck und rauchte; der schlaksige Matrose schoß die Leinen auf, mit denen das Boot an den Pollern festgemacht gewesen war.

«Die brüten jetzt», fuhr ich fort. «Und dabei sollen sie so interessante Gewohnheiten haben. Sind überhaupt dolle Vögel, wenn alles stimmt, was ich darüber gehört und gelesen habe.»

«Weiß ich nicht», sagte der Kapitän und ließ das große Holzrad mit den vielen gedrechselten Griffen durch seine roten, hornigen Hände laufen... Die Dinger haben bestimmt auch einen seemännischen Namen – ‹Pint› oder so; jedenfalls nicht ‹Griff›...

«Dann gehört der Doktor zu Ihnen?» fragte er nach einer Denkpause.

«Welcher Doktor?» Ich war überrascht.

«Der unten im Logis sitzt», sagte Kapitän Freerk. «Ich hab den Namen nicht behalten. Der will auch nach Melloog; auch wegen irgendwelchem Vogelviehzeug. Dirksen, der Vogt, hat mich angerufen gestern abend, daß ich ihn mitnehmen soll. Doktor... Doktor... Nee; komischer Name. Komm nicht drauf. Also der hat nix mit Ihrem Film zu tun?»

«Nein», sagte ich. «Doch ich werd ihm mal guten Tag sagen gehen. Ist ja vielleicht gut, so einen Fachmann in der Nähe zu haben... Der Inselvogt versteht ja wohl auch allerhand davon, nicht?»

«Dirk Dirksen? Ho – der kennt seine paar tausend Möwen jede mit Vornamen!» Der Kapitän lachte. Seine hellen Augen verschwanden dabei in tiefen Falten, die sich sternförmig von der Nasenwurzel über das Gesicht ausbreiteten.

Ich stieg das Treppchen aus dem Ruderhaus hinab, ging zwei Schritte rechts und wieder rechts und kletterte die Stufen hinunter, die in den Bauch des Kutters führten. Hinter einer Schiebetür befand sich das Logis, und dort, im spärlichen Licht von vier Bullaugen, saß auf einer wachstuchbezogenen Bank ein schmaler, älterer Mann – nein, Herr –, der mir über den Goldrand seiner Brille entgegensah, als ich eintrat.

«Guten Tag!» sagte ich. «Der Kapitän erzählt gerade, daß Sie mit nach Melloog fahren. Ich wollte mich eben nur vorstellen – mein Name ist Kiwitt.»

Der Fremde erhob sich. Er war klein und konnte in dem niedrigen Raum, in dem es nach Öl und nasser Wolle roch, aufrecht stehen, während ich den Kopf ein wenig einziehen mußte.

Er gab mir eine zerbrechlich wirkende Hand, die sich wie Wildleder anfühlte, und sagte: «Guten Tag! Ich heiße Schlünz.»

«Sehr angenehm.»

Es geht nichts über Floskeln.

«Ganz meinerseits.» Er deutete eine Verbeugung an. Er hatte eine dunkle, heisere Stimme, die zu seinem Körper paßte wie ein Cello-Strich auf der tiefen Saite in ein Kindergarten-Lied.

Eine Peinlichkeitspause begann sich auszubreiten und den dunklen, engen Raum zu füllen.

«Ja», sagte ich, «ich wollte, wie gesagt, eben nur... Lassen Sie sich nicht stören, bitte!»

«Aber nein... Das ist doch...» Er brach ab, schob die Goldrandbrille, die ihm auf die Mitte der Nase gerutscht war, wieder zurecht und probierte ein Lächeln, das ihm nicht gelang, und fuhr sich mit allen fünf Fingern durch das kurzgeschnittene bleigraue Haar, so daß es nach allen Seiten aufstand wie Igelborsten.

«Bis nachher also!» sagte ich, ging hinaus und wußte nicht recht, ob ich ihn für arrogant, scheu oder verklemmt halten sollte.

An Deck empfing mich Nieselregen. Dort, wo vorhin der Horizont gewesen war, quoll milchiger Nebel, vor dem die Buschprikken, die die Fahrrinne kennzeichneten, wie schwarze Ausrufungszeichen standen.

«Schlechtes Wetter», sagte ich, wieder im Ruderhaus, zu Käptn Freerk.

«Dat is man een Aferjagd; 't geit boll vörafer», teilte er mir mit.

Da es tröstlich klang, fragte ich nicht, was es heißen sollte.

Jochen, der an der Rückwand des Ruderhauses lehnte und sich eine Pfeife angezündet hatte, lächelte mir zu. Der Tabak roch gut.

Vom Vorderdeck kam Harry zu uns herein. Es wurde nun ein bißchen eng in dem kleinen Raum, aber es ging, als ich mich an die linke – pardon – an die Backbordseite quetschte.

«Stören wir Sie auch nicht, Käptn?» fragte ich.

«Daß Sie bloß nicht vom Kurs abkommen!» flachste Harry.

«Hööö...», brummte der Kapitän.

Aus einer der tiefen Taschen seines Duffle-Coats zauberte Harry einen Flachmann Whisky, schraubte die Kappe ab und reichte ihn dem Schiffer. «Für die innere Feuchtigkeit, Admiral!»

Der Alte schnüffelte, schob genießerisch die Unterlippe vor, knurrte eine unverständliche Anerkennung und wippte, zu unserer Verblüffung, aus der flachen Flasche einen Spritzer Whisky durch die Ruderhaustür über Bord. «Für Neptun!» erklärte er todernst und mit ganz langem Uu. Darauf nahm er einen schönen tiefen Schluck, ohne danach im geringsten die Miene zu verziehen, und gab die Flasche an Harry zurück, der sie mir anbot. Ich bedankte mich, wagte nicht, den Flaschenhals abzuwischen, setzte an, schluckte den scharfen Stoff und bemühte mich, ebenfalls so zu tun, als sei es nur Apfelsaft. Das war nicht so einfach. Ich würgte an einem Huster und merkte, wie mir die Anstrengung das Wasser in die Augen trieb.

Jochen lachte.

«Hebt noch einen für Fokko auf», sagte der Kapitän über die Schulter.

«Is gebongt!» Harry trank nach Jochen als letzter und rief durch die offene Ruderhaustür: «Fokko! Komm her! Befehlsausgabe!»

Irgendwo vom Hinterdeck kam der schlaksige Junge. Er hatte einen richtigen Südwester auf, freute sich, sagte: «Prost!» – Das einzige Wort, das wir auf der ganzen Fahrt von ihm hörten – und genehmigte sich einen langen Zug. Dann verschwand er wieder.

Es war nur noch ein guter Daumenbreit Whisky in der Flasche, den wir ohne parlamentarische Diskussion dem Käptn zusprachen. Der zierte sich nicht, kippte den Rest runter und warf die leere Flasche in großem Bogen ins Wasser. Dann rülpste er gewaltig, fuhr sich mit dem breiten Handrücken über die zerklüfteten Lippen und sagte: «Wat helpt mi warm Beer, wenn 'k dood bin!»

Als hätte das Whisky-Opfer irgendeine für das Wetter zuständige Wassergottheit bestochen, lichtete sich kurz danach der Nebel; der Nieselregen hörte auf, und durch den Dunst quälten sich einzelne schwache Sonnenstrahlen wie Kammzinken durch dichtes Haar.

Ich kletterte vom Ruderhaus aufs Deck. Der Kutter lief an einer Sandbank entlang. Ein Silbermöwenpulk schwamm, lief, flatterte lärmend an der schaumigen Wasserkante entlang hinter dem Schiff her. Eine flog auf. Ein fingerlanger Fisch zappelte in ihrem gelben Schnabel. Sie flog, von zwei anderen verfolgt, auf mich zu.

«Heee!» schrie ich, als sie fast über mir war, und klatschte in die Hände.

Die Möwe erschrak und ließ den Fisch fallen.

Er fiel mir direkt vor die Füße, lag auf den Planken, blutig mit schnappendem Maul, schnellte noch mal hoch, bog sich, drehte sich, streckte sich und lag still.

Mir kroch was Kaltes über den Rücken. Ich bückte mich, mochte aber das tote Ding nicht anfassen. Mit dem Fuß stieß ich's durch ein Speigatt ins Wasser, wo es wegwirbelte und versank.

Im Nordwesten war ein Streifen Land zu sehen.

«Ich glaube, das ist Melloog», sagte jemand hinter mir. Es war der kleine Doktor mit dem bleigrauen Igelborsten-Haar.

Ich hatte ihn nicht kommen hören. Er ging noch leiser, als er aussah.

2

«Die gesamte Bevölkerung versammelt sich zu Ihrer Begrüßung», sagte Kapitän Freerk.

Über den breiten weißen Sandstrand der Insel kamen zwei Menschen gelaufen. Hinter ihnen zockelte ein Pferd, das einen Leiterwagen zog. Die zwei waren barfuß, aber noch zu weit weg, als daß ich ihre Gesichter hätte erkennen können. Der eine war groß, breitschultrig und ging mit weitausholenden Schritten. Der andere war fast einen Kopf kleiner und schmal und lief wie ein Mädchen.

«Wieso?» fragte ich den Käptn. «Zwei Leute? Nur zwei?»

«Dirksen und seine Tochter», erklärte Freerk. «Mehr sind das nu mal nicht. Die Frau ist vor Jahren schon gestorben. Was haben Sie denn gedacht?»

«Nichts», gestand ich. «Darüber hab ich mir keine Gedanken gemacht. Ich habe zwar mit dem Inselvogt 'n paarmal telefoniert, und irgendwer hat gesagt, daß es einsam sei auf Melloog, aber daß er hier ganz allein lebt, nur mit dem Mädchen...»

Nun, im Näherkommen wurde es auch deutlicher, daß der kleine, schlanke Insulaner tatsächlich ein Mädchen war. Ein weißblondes, gegen den massigen Vogt zierlich wirkendes Mädchen, das sein Haar glatt nach hinten gebürstet und zu einem Knoten gebunden hatte.

Der Kutterkapitän drosselte den Motor und drehte das Schiff längsseits zum Strand.

«Fallen Anker!» schrie er Fokko zu.

Der ließ die Ankerkette rasseln. Es waren noch zwanzig Meter Wasser bis zur Flutkante.

«Und nu?» fragte Harry. «Den Rest? Sollen wir schwimmen?»

Er stand neben Jochen bei unserem Gepäckhaufen. Die Plane hatten sie schon weg. Fokko hantierte jetzt am Bug mit einem zweiten Anker. Aus dem Logis stieg Dr. Schlünz. Er trug ein langes Bündel; es sah aus wie ein Fotostativ oder irgendwelche Angelgeräte, um die ein Schlafsack gewickelt und mit dickem Bindfaden verschnürt war.

«Hallo!» rief ich.

Der Inselvogt wandte den bärtigen Kopf zu mir und hob stumm die Hand. Er nahm das zottige Pferd am Zügel und führte es ins Wasser, nachdem er sich die Leinenhose bis übers Knie hochgekrempelt hatte.

«Wenn Sie sich beeilen», sagte der Kapitän, «kann ich wohl mit der Flut noch zurück. Sonst müssen wir wenigstens zehn, zwölf Stunden warten.»

Der Vogt war auf den Leiterwagen geklettert und lenkte das Gefährt schnalzend zum Kutter. Das Wasser ging dem Pferd fast bis zum Bauch.

«Tag!» sagte er, als die Wagenseite direkt neben der Schiffswand war, und streckte mir die Hand entgegen. «Nu man los; runter mit Ihren Sachen!»

Harry sprang über Bord auf den Wagen, und Jochen, Fokko und ich reichten ihm den ganzen Kram zu. Das ging, trotz der Schlingerei des Kutters, schnell und gut und ohne Panne.

Die Sonne brach durch. Zwischen der Packerei und Schlepperei sah ich die Haare des Mädchens am Strand wie Weißgold glänzen.

Es war ein sehr hübsches Mädchen.

Wir hatten alles beisammen auf dem Wagen. Ich bedankte mich bei Käptn Freerk und schrieb mir schnell noch die Telefonnummer auf, unter der ich ihn erreichen konnte, wenn er uns wieder abholen sollte.

«Vielleicht Ende der Woche», sagte ich; «kommt aufs Wetter an. Spätestens aber Montag oder Dienstag in der nächsten Woche.»

«Geiht klor!» raunzte er.

Jochen war schon von Bord. Ich stieg ihm nach, nahm Dr. Schlünz seinen Koffer und das Schlafsackbündel ab und half ihm, über die Reling zu kommen.

«Hüh, Lotte!» Dirk Dirksen klatschte dem Pferd die Leine auf den Rücken. Wir standen alle breitbeinig auf den Brettern, um eventuelle Stöße aufzufangen; nur Dr. Schlünz hatte sich auf seinen Koffer gesetzt. Der Wagen schaukelte ruckelnd einen halben Meter vorwärts, dann saß er fest. Es war wohl eine ziemliche Quälerei für das Pferd; denn wir fünf Männer und der Berg Gepäck belasteten den Wagen sicher mit zwölf oder noch mehr Zentnern. Die breiten

Räder rührten sich nicht. Sie sackten im weichen Sand ein. Es ging nicht voran.

Jochen und ich schalteten gleichzeitig. Wir zogen Schuhe, Strümpfe und Hosen aus, als Dirksen vom Wagen stieg, und sprangen ins Wasser. Es war aasig kalt, und mir blieb für einen Augenblick die Luft weg.

«Puh!» machte auch Jochen.

Harry lachte und rief, indem er sich auszog: «Gut, daß ich nicht meine lange Unterhose anhab – die graugelbe, Jochen, weißt du? Da wär's gleich vorbei mit dem Sex-Appeal!»

Dirksen, der Jochen und mir beifällig zugenickt hatte, runzelte die Stirn.

Das Pferd stand mit zitternden Flanken.

«Soll ich auch...?» fragte oben auf dem Wagen der Doktor.

«Nee», sagte Dirksen. «Nicht nötig.» Er griff in die Speichen des linken Vorderrades und rief: «He, ho, Lotte...!»

Wir machten es ihm nach, jeder an einem Rad. Das Pferd zog an. Der Wagen bewegte sich. Eine kleine Welle klatschte mir den halben Rücken naß, ich fluchte leise und drückte und schob – dann rollte der Wagen. Es war geschafft. Fröstelnd, in nassen Unterhosen, wateten wir an den Strand.

Das Mädchen kam heran und gab uns die Hand. Sie schaute uns mit einem seltsamen, einem verwehten Blick an, wenn es so etwas gibt, einem Traumwandlerblick, der an einem abglitt; und auch ihr kleines Lächeln hatte etwas Fernes und Unwirkliches – ein Gioconda-Lächeln auf friesisch, sozusagen...

«Kieselack», sagte Jochen mit rotem Kopf.

«Ich heiße Harry Jungnickel», sagte Harry grinsend.

«Kiwitt», sagte ich.

«Das ist meine Tochter Swantje», erklärte Dirksen, das Pferd am Zügel. «Sie sind Dr. Schlünz?» fragte er den kleinen Mann oben auf dem Wagen.

«Ja», bestätigte der Doktor. «Guten Tag, Herr Dirksen. Vielen Dank, daß ich kommen durfte!»

Wir holten uns unsere Hosen und zogen sie über. Das war nicht sehr angenehm, aber ein bißchen wärmer.

«Am besten, Sie steigen jetzt auch ab, Doktor», sagte der Vogt.

«Dann braucht sich das Pferd nicht so anzustrengen durch die Düne.»

Dr. Schlünz kletterte gehorsam herunter.

Wir stapften nebeneinander hinter dem Leiterwagen her durch den Sand auf das einzelne Haus zu, dessen Strohdach über den hohen Dünen zu sehen war. Ich wandte mich zurück, um dem Kapitän zuzuwinken, aber der Kutter fuhr schon wieder weit draußen. Vor lauter Einsatzbereitschaft und nassem Wasser hatte ich gar nicht bemerkt, wie er davongetuckert war.

Swantje, das weißblonde Mädchen, lief vorn neben seinem Vater, der das Pferd führte.

«Süßer Käfer!» murmelte Harry. «Würd ich wohl gern mal mit tanzen gehn.»

«Wohin?» fragte ich. «Auf die Muschelbankparty oder in die Diskothek ‹Zum Möwenschrei›?»

«Ach du grüne Neune», sagte er. «Wahrscheinlich kann sie gar nicht tanzen... Da kommt man sich ja wie 'n Kolumbus vor, was, Jochen? Sicher ganz reizvoll, so 'ne Missionsarbeit. Müssen ja nicht bloß Gebete sein, was man den Eingeborenen beibringt.»

«Hör doch auf!» knurrte Jochen. «Blödes Gequatsche!»

«Hallo!» Harry grinste breit. «Der Jochen als edler Ritter? Der Prinz und das Sanddornröschen... Aber vielleicht ist die Süße schon mit 'nem Seehund verlobt.»

«Wenn du nicht endlich die Klappe hältst, dann...» fuhr Jochen den erstaunten Harry an.

«Ruhe! Ruhe, meine Herren!» griff ich ein. «Das Reizklima der Nordsee verpflichtet euch nicht, kirekiki zu machen!»

«Er soll bloß seine Schandschnauze halten», brummte Jochen.

«Okay!» sagte Harry großzügig.

Dr. Schlünz war zurückgeblieben. Er konnte nicht so schnell durch den weichen Sand. Die Sonne stach. Es roch nach Schlick. Am Strand lag angeschwemmtes Holz und alles mögliche, was die See so ausspuckt: Flaschen, Plastiktüten, Scherben, Tang, Muschelschalen, ein einzelner Badeschuh, tote Meerspinnen und Wollhandkrabben, Federn, leere Wellhornschneckengehäuse...

Meine nasse Unterhose juckte.

Nach einem Viertelstundenmarsch erreichten wir das Haus des Inselvogts. Der Weg wand sich auf den letzten zweihundert Metern durch die Dünen, die hier ziemlich hoch und mit Strandhafer bewachsen waren. Erst hundert Schritt vor dem Haus konnte man mehr als das hohe Strohdach sehen. Es war ein hübsches, weiß verputztes Gebäude, vor drei Jahren neu gebaut, wie ich erfuhr, nachdem das frühere Haus im Nordwesten der Insel, von der See bedroht, hatte abgerissen werden müssen.

Von der eichenen Tür aus führte ein mit Klinkern gepflasterter Weg zu einem festen Schuppen. Rechts davon war ein kleiner Tümpel, auf dem ein paar bunte Enten schwammen. Der Klinkerweg lief vom Schuppen aus zu einer halbhohen Düne, hinter der ein drittes, kleineres Dach zu sehen war, aber er erreichte die Düne nicht. Die Steine verkrümelten sich im Sand.

Es herrschte rund um das Haus und den Schuppen eine organische Unordnung: Stapel von Schwemmholz, ein wackliger Sägebock, ein paar alte Autoreifen, die in dieser Umgebung so fremd und sinnlos wirkten wie ein Ballettrock in einer Almhütte, einige Fensterrahmen ohne Glas und ein hochlehniger, sperrmüllreifer Korbstuhl. Nur gab's hier keine Sperrmüllabfuhr... An der Schuppenwand hingen Netze, Reusen und ein halbes Dutzend Kaninchenbälge. Es roch nach Pferd, Teer und Fisch.

Dirksen teilte ein: «Ihre beiden jungen Leute, Herr Kiwitt, können die Kammer im Schuppen nehmen. Da ist auch Wasser. Schlafsäcke haben Sie doch mit? Und Sie wohnen im Haus. Und Sie, Herr Doktor, am besten drüben in der Jagdhütte. Da sind Sie ganz ungestört bei Ihrer Arbeit... Einverstanden? Also dann!»

«Wo ist die Jagdhütte?» fragte Dr. Schlünz.

«Dort, hinter der kleinen Düne, fünfzig Schritt», erklärte der Vogt. «Gucken Sie es sich an. Tür ist offen. Hier sind immer alle Türen offen. Koffer bringt Ihnen Swantje... He, Swantje!»

Das Mädchen war ins Haus gegangen.

«Ach so, sie macht das Essen. Wir essen alle zusammen im Haus. Halb eins. Kommen Sie mit dem Abladen allein zurecht?»

Er wartete nicht auf unsere Antwort, schirrte das Pferd aus und führte es in den Teil des Schuppens, der als Stall diente. Wir luden ab, schafften die Kameras, Kisten und Koffer der Jungen und unseren ganzen Arbeitskram in die helle, trockene und geräumige Kammer, in der auch Jochen und Harry schlafen sollten.

«Das riecht wie in 'ner Jugendherberge», meinte Jochen.

«Das sind die Seegrasmatratzen», sagte ich.

«Is ja ganz komisch! Ich werd gleich zehn Jahre jünger», bemerkte Harry.

Ich ging mit meinem Gepäck ins Haus. Der erste Raum, in den ich durch den Windfang kam, war sehr schön. Es war ein großes, holzgetäfeltes Zimmer mit drei Fenstern nach Nordwesten und drei weiteren nach Nordosten. Zwei Drittel der Insel waren von hier aus zu sehen und die offene See und weit weg die nächste Insel, die am Horizont im Sonnenlicht lag und aussah wie aus hellblauem Papier geschnitten.

In der Mitte des Raums standen ein riesiger runder Tisch und sieben Stühle. Tisch und Stühle waren aus hellem Holz, schlicht und schmucklos und wunderschön in ihrer einfachen Form. Auf einem der sechs Fensterbretter trillerte ein Kanarienvogel in seinem Käfig. An der linken Fensterwand tickte eine alte Uhr. Der Fußboden war mit einem silbergraugelblichen Kokosteppich belegt. Die Tür neben dem Windfang führte zur Küche. Aus der Küche duftete es nach Bratkartoffeln.

Ich stand da mit meinen Sachen, hatte, glaube ich, den Mund ein wenig offen vor Überraschung, und schnupperte.

Swantje Dirksen kam mit einer Schüssel voller Fleischklopse. «Ihr Zimmer ist oben, Herr Kiwitt», sagte sie. «Hier bitte – durch die Küche.»

Ich folgte ihr, ging zwischen Bratkartoffelduft hindurch hinter ihr her, stieg eine schmale, steile Treppe hinauf und fand ein kleines Zimmer mit schrägen Wänden und einem schmalen Bett, auf dem eine flauschige Wolldecke lag. Durch das Giebelfenster sah ich die See, auf der ein Silbermöwenschwarm in der Sonne flimmerte.

Ich verstaute meine Sachen, so gut es ging, zog mir eine trockene Unterhose an und hatte auf einmal heftigen Hunger. Auf meiner Armbanduhr war es halb eins. Unten im Haus schepperte eine Glocke.

«Essen!» rief Swantje. «Essen!» Ihre Stimme war rauh und rostig, aber nicht unangenehm. Schon gar nicht, wenn sie zum Essen rief.

Wenn sie Angst hatte, sprach sie heller – viel heller... Aber soweit war es noch nicht.

Vorläufig versammelten wir uns alle sechs erst einmal um den runden Tisch im Sechsfenster-Zimmer und aßen gemeinsam Bratkartoffeln, Bratklopse und Gurkensalat. Das Essen war kräftig, würzig und reichlich. Die Mahlzeit verlief ziemlich still, nachdem Dirksen gesagt hatte:

«Willkommen also auf Melloog, die Herren. Guten Erfolg bei der Arbeit. Und jetzt: Guten Appetit!»

Es wurde die ganze Zeit über nicht viel mehr gesprochen als: «Bitte...», «Danke...», «Darf ich Ihnen noch...?», «Möchten Sie noch...»

Als wir alle unsere Teller leergegessen hatten, erhob sich Swantje, holte ein Tablett aus der Küche und begann abzuräumen; Jochen stand auf, um ihr zu helfen.

Aber Dirksen kupierte die Galanterie: «Lassen Sie man», sagte er bestimmt. «Das macht meine Tochter alleine!»

Jochen setzte sich verwirrt wieder auf seinen Platz, wie ein gemaßregelter Schuljunge. Harrys Lippen zuckten. Swantje schlug die Augen nieder und trug das Geschirr hinaus.

«Wir könnten uns eben rüber in mein Arbeitszimmer setzen», schlug Dirksen vor. «Und könnten besprechen, wie das nun gehen soll.»

«Gut», sagte ich.

«Darf ich mich anschließen?» fragte Dr. Schlünz, schob seine Brille zurecht und sah den Vogt scheu an.

«'türlich», sagte Dirksen. «Von mir aus... Oder?» Er wandte sich zu mir.

«Selbstverständlich», sagte ich. «Ich möchte Sie sogar darum bitten, Herr Doktor!»

Der Vogt ging voran durch die dritte Tür in einen rechteckigen, etwas kleineren Raum, durch dessen breites Südfenster die Sonne auf einen Schreibtisch schien, der voller Bücher und Papiere lag. Ein Regal an der linken Wand des Zimmers war bis unter die Decke mit Büchern gefüllt. Rechts standen drei schäbige, aber bequem aussehende Sessel, eine buntbezogene Couch, ein niedriger Tisch und, hinter der Tür, ein kleines, transportables Fernsehgerät. An der vierten Wand hing ein Telefon, eine Karte und eine Gitarre.

«Nehmen Sie Platz», forderte Dirksen auf, schob seinen Schreibtischstuhl zur Sesselgruppe und legte ein paar große Muschelschalen als Aschenbecher auf den Tisch.

Ich entschuldigte mich für einen Augenblick, lief durch die Küche, in der Swantje hantierte, hinauf in mein Zimmer und holte eine der fünf Cognacflaschen aus meinem Koffer, die ich – auf Anregung von Kennern der Landessitten – mitgebracht hatte. Auf dem Rückweg bat ich das Mädchen um Gläser.

Sie lächelte und stellte fünf Gläser auf einen flachen Holzteller.

«Danke, Fräulein Dirksen», sagte ich. «Es denkt und redet sich besser mit ein bißchen Alkohol.»

«Sie können ruhig Swantje sagen», meinte sie mit ihrer rauchigen Stimme.

«Danke, Swantje!» Ich balancierte Gläser und Teller wie ein gelernter Kellner hinüber ins Arbeitszimmer und wiederholte meine tiefschürfende Erkenntnis: «Es denkt und redet sich so besser!»

Der Inselvogt lachte. Seine Zähne blitzten im gestreiften Gestrüpp seines Bartes. Jochen übernahm das Einschenken.

«Mir bitte nur einen Kleinen!» bat Dr. Schlünz.

«Skål!» sagte ich.

Wir hoben die Gläser.

Der Kreis war geschlossen. Jochen bot dem Vogt von seinem Tabak an. Harry und ich waren schon halb mit dem ersten Glimmstengel fertig, ehe die beiden anderen das umständlich-bedächtige Zeremoniell der Pfeifenraucher erledigt hatten und genießerisch ihren ersten Zug pafften.

Dr. Schlünz rauchte gar nicht. Er hatte seine Brille abgenommen und rieb sich die Augen.

Ich machte den Anfang. Ich sagte, vor allem zu Dirk Dirksen gewandt, alles das, was ich ihm schon am Telefon gesagt und was ich ihm geschrieben hatte. Ich erklärte es jetzt ausführlich, erläuterte meine Vorstellungen von dem Film, den ich der Redaktion vorgeschlagen hatte und den zu drehen ich nun beauftragt war. Ich erklärte, wie ich darauf gekommen war, was mich am Verhalten gerade der Silbermöwen interessierte und wieso ich den Film ausgerechnet hier auf Melloog machen wollte. Ich bat den Vogt – und Dr. Schlünz – als Experten um Nachsicht, wenn dies oder das vielleicht zu naiv, laienhaft oder gar einfach falsch sei; schließlich sei ich Journalist und kein Ornithologe und hätte mich bisher mit tausend anderen Themen und Problemen herumschlagen und beschäftigen müssen – vom Mietwucher über die organisierte Nächstenliebe bis zum Unfug der Gymnasialerziehung... Und so weiter, und so weiter.

Ich redete drei Cognacs und fünf Zigaretten lang – etwa eine halbe Stunde; ich durchlief in dieser Zeit alle Stufen der Skala vom euphorischen Selbstbewußtsein, wie es sich manchmal beim Reden einstellt, bis zur tiefen Resignation angesichts der unbeweglichen Miene des Inselvogts – jene Resignation, in der alles, was einem eben noch als großartige Idee vorschwebt, im nächsten Augenblick wie dummes Zeug, leeres Stroh, unfertiges Gelaber klingt.

Als ich geendet hatte, sagte ein paar Herzschläge lang niemand etwas. Jochen Kieselack und Harry Jungnickel sahen den Inselvogt an. Dr. Schlünz spielte mit seiner Brille.

«Ja, ja», meinte schließlich Dirksen. «Das kann, glaub ich, gut werden. Wenn die Möwen Sie am Leben lassen...» Er sah mich an. Seine blauen Augen zwinkerten zuversichtlich.

Ich hatte das Gefühl, jeder im Kreis müsse den Plumps hören, den der Stein machte, der mir vom Herzen fiel. «Und was meinen Sie, Doktor?» fragte ich den kleinen Grauhaarigen zu meiner Rechten.

«Doch...» sagte er und nickte. Das war alles.

Dirksen entwickelte in langsam gesprochenen Sätzen, die von Nachdenklichkeitspausen unterbrochen wurden, wie er sich die Arbeit praktisch dachte. Es werde nicht einfach sein, sich mit Kameras im Brutgebiet aufzuhalten; die Möwen seien empfindlich gegen Störungen und von einer unglaublichen Angriffslust gegen Eindringlinge. Man müsse halt probieren, wie es am besten ginge.

Wir redeten noch eine Weile. Der Cognacpegel sank. Das Zimmer war blau vom Tabaksqualm.

Ich hatte, soweit ich mich erinnern konnte, noch nie mit vier so grundverschiedenen Männern an einem Tisch gesessen. Da war rechts von mir der kleine, zipfelhaarige Botaniker und Ornithologe, ein Mann schwer bestimmbaren Alters mit dunklen, müde wirkenden Augen und einem bitteren Mund; schweigsam, nervös, verschlossen – nicht arrogant, wie ich auf dem Kutter zuerst gedacht hatte, sondern scheu, fast ängstlich. Ein Mann, bei dem man an vergilbtes Papier dachte, an dunkle Anzüge, zierliche Schnürstiefel und Magen-Schonkost. Ausgeschlossen, ihn sich aus einer Bierflasche trinkend vorzustellen, oder bei einer Frau...

Neben ihm hockte, mittelgroß und drahtig, Harry: Eben über zwanzig, im Gegensatz zu dem Doktor durchaus in Damenbegleitung denkbar – es mußten nicht einmal unbedingt Damen sein. Einer, der wußte, wie man BHs aufmacht und Zündkerzen wechselt, wo Bretter am dünnsten sind und Luft am dicksten ist; einen, der raus hatte, wie man da bohren muß und dort besser die Kurve kratzt. Er hatte unter rotbraunem langem Wuschelhaar graue, schmale Augen, die immer in Bewegung waren, und volle Lippen, über die Zoten und Zigarettenrauch mit gleicher Leichtigkeit quollen.

An seiner Seite saß Jochen: Ein großer, schlanker Bursche, aus dessen Äußerem man auf irgendeine italienische, spanische oder doch auf alle Fälle südliche Urgroßmutter schließen konnte. Er war viel langsamer als Harry, aber sicherlich gründlicher und auf keinen Fall dümmer. Er mochte zu denen gehören, die mit vierzehn anfangen, Verse zu schreiben, mit sechzehn aus enttäuschter Liebe an Selbstmord denken und mit zwanzig für ein Ideal zu sterben bereit sind, was sie aber mit fünfundzwanzig auf Grund ihrer Intelligenz glücklicherweise als Blödsinn erkennen... Jochen war noch nicht ganz fünfundzwanzig.

Und schließlich saß da, links von mir, Dirk Dirksen: Inselvogt auf Melloog seit zwanzig Jahren; ein Mann von Mitte Fünfzig, eine Mischung aus Peer Gynt und Hemingway, mit graublonden Krullerlocken und dunklem Vollbart, der von blonden und silbernen Strähnen durchzogen war.

Ich hatte bei ihm zunächst nur wenige und vage Gedankenverbindungen. Aber als ich ihm am Nachmittag dieses ersten Tages zusah, wie er geschickt und behutsam, ja beinahe zärtlich einen jungen Austernfischer fing und beringte, konnte ich mir ihn auch als Vater vorstellen. Und als er am Abend – nach vier gemeinsam verzehrten Kaninchen und bei Halbzeit der zweiten Cognacflasche – zur Gitarre griff und ein paar Lieder brummte – gute, alte Lieder, mir zum Teil unbekannt –, da wurde aus dem Holzschnitt-Mannsbild allmählich ein Mensch, der sich aus See, Spökenkiekerei, Einsamkeit, Wind und Wetter eine eigene und sehr eigenartige Wesensart gebastelt hatte... Ich mochte ihn; aber da war auch etwas Unberechenbares, etwas, das sich nicht greifen ließ. Manchmal bekam er schmale, harte Lippen und einen kalten Blick. Und er konnte alles – Gitarre, Lieder, Cognac und Kumpanei – sofort und von einem Augenblick auf den andern vergessen, wenn es die Situation erforderte.

Das erlebten wir bereits am ersten Tag auf der Insel; abends, kurz vor halb zehn... Genauer: wir erlebten es, als der erste Schuß gefallen war.

3

Nach dem Palaver in Dirksens Arbeitszimmer – kein richtiges Palaver eigentlich, weil ich ja die meiste Zeit allein geredet hatte – machten wir alle miteinander einen Rundgang über die Insel. Der Vogt führte uns zunächst auf die höchste Düne, die ein paar hundert Schritt vom Haus lag.

Es hatte sich eingetrübt, aber die Wolkendecke war noch nicht ganz geschlossen. Gelegentlich blitzten Sonnenstrahlen auf und wischten wie Scheinwerfer über die See. Der Wind war stärker geworden und wehte aus Westen. Auf dem streckenweise tief dunkelblauen Wasser glitzerten Schaumkronen.

Oben auf der Düne blieb Dirksen stehen und wartete, bis wir uns alle um ihn versammelt hatten; als letzter kam Dr. Schlünz. Er trug einen zu weiten Anorak und sah darin aus wie ein großer, frierender Vogel.

Dirksen hielt einen dicken Haselnußstock in der Rechten, in den rundherum Muster aus kleinen Quadraten, Kreisen und Schlangenlinien gekerbt waren. Auf dem Kopf hatte er eine verwegene, früher einmal weiß gewesene Mütze mit brüchigem Lacklederschirm – so eine, wie sie, neu und sauber, Eisverkäufer tragen oder auch Leute, die sich ein seemännisches Aussehen geben wollen.

«Von hier aus», begann Dirksen, nachdem der Doktor die Dünenkuppe keuchend erklommen hatte, «von hier aus ist die Insel Melloog ganz zu übersehen und am besten zu erklären, wie sie entstanden ist, wie sie sich entwickelt hat und wie sie sich dauernd verändert...»

Der Wind, der nicht stetig wehte, sondern dauernd an- und abschwoll und in kleinen Stößen unsere Gesichter tätschelte, als wolle er uns mit solchen sachten Ohrfeigen eine kleine Kostprobe seiner Kraft geben – der Wind riß ihm die Worte vom Mund. Ich mußte höllisch aufpassen, um alles mitzukriegen, was Dirksen erzählte. Hier und da unterstrich er seine Erläuterungen mit einer weit ausholenden Zeigebewegung:

«Da ist unser Leuchtturm...» Er zeigte mit dem Stock, obschon der rote Backsteinturm am Nordende kaum zu übersehen war. «Und von da...» weiter Bogen von Nordost nach West: «... bis dort erstreckt sich das Brutgebiet, in dem zur Zeit Hochbetrieb ist, wie Sie selbst sehen können.»

Ja, da war ein unheimliches Geschwirr und Geflatter. Der Wind trug trotz der Entfernung auch den Lärm zu uns: Kreischen und Gackern aus vielen tausend Möwenhälsen übertönte in Wellen das Rauschen der Brandung... Harry stand neben mir. Da er es übernommen hatte, sich um den Ton zu kümmern, machte er sich Sorgen: «Das kann ja heiter werden, Boss, wenn wir dort drehen wollen», sagte er.

«Wir müssen ihnen gut zureden, daß sie ein bißchen leiser kreischen», erwiderte ich.

«Fein», sagte er. «Da bin ich aber gespannt, wie Sie das machen... Sankt Kiwitt predigt den Vögeln? Wenn das der Intendant erfährt, versetzt er Sie gleich in den Kirchenfunk!»

«Und dann ernenne ich dich sofort zum Redakteur für Missionsfragen, wie?» konterte ich.

Er griente.

Dirksen war mit seiner Rundschau fertig. Wir stapften hinter ihm her zum Oststrand, vorbei an der Stelle, an der uns der Kutter am Vormittag abgesetzt hatte, und am Wasser entlang nach Süden, wo der Sand, vom Wind getrieben, über weite, ebene Flächen stob, sich an jedem kleinen Hindernis häufte und vielfältige Formen bildete. Von hier aus war im Südosten als silbergraue Silhouette das Festland zu sehen – sonst nicht viel: ein halb versandetes Robbengerippe; ein verrotteter Rettungsring, auf dem nur noch die Buchstaben I... NE zu lesen waren; eine tote Brandente mit ölverklebtem Gefieder und, an der Flutkante, Muscheln, Knochen und Federn sowie die üblichen Zeugnisse der Zivilisation aus Plastik, Gummi oder Glas.

Dirksen sagte nicht viel. Er lief voraus, stocherte mal mit seinem Stock im Sand, bückte sich gelegentlich, zeigte uns erste Zeichen von Dünenbildung, erklärte kurz, wie das vor sich ging, und machte den Doktor auf eine bestimmte Pflanze aufmerksam, die offenbar selten war.

Hier erst erfuhr ich, daß der schweigsame kleine Mann an der Lösung irgendeines botanischen Problems arbeitete und auf die Insel gekommen war, um seine Theorie zu überprüfen und zu untermauern. Es hatte irgendwas mit der Ausbreitung einer bestimmten Flora zu tun; was weiß ich... Die Vögel spielten auch eine Rolle dabei. Ich muß gestehen, es interessierte mich nicht sonderlich, schon deshalb nicht, weil es für unseren Film unwichtig war.

Wir zogen weiter und erreichten nach einer halben Stunde die Südwestseite der Insel, an der es keinen Sandstrand gab, sondern schlickige Flächen, die zum Innern hin mit hüfthohem Gestrüpp bewachsen waren. Ein paarmal huschten Kaninchen über unseren Weg, und zweimal flogen flügelklatschende bunte Enten vor uns auf.

In der Höhe des Leuchtturms bogen wir in das Brutgebiet ein. Schon bei unserem Näherkommen hatte der Lärm zugenommen, und nun, als wir die ersten Nester passierten, steigerte sich die Empörung der Vögel zu einem ohrenbetäubenden Geschrei.

Wir blieben auf den Rat Dirksens dicht beisammen, paßten auf unsere Füße auf, daß wir nicht in eines der Nester traten, und duckten uns, denn die Möwen flogen kreischend dicht an uns vorüber und auf unsere Köpfe zu.

Der Vogt hatte seine verwegene Mütze abgenommen, auf einen Stock gestülpt und trug diesen hoch über sich. Die Möwen konzentrierten ihre Angriffe auf die Mütze; einige hackten im Flug danach, böse, mit roten Augen, immer wieder.

«Himmel, Arsch und Zwirn!» rief Jochen. «Das ist ja lebensgefährlich!»

«Sie verteidigen ihren Nachwuchs», sagte Dr. Schlünz plötzlich mit heller, lauter, fremder und aufgeregter Stimme. «Das ist doch ihr gutes Recht – oder?»

Ich sah ihn überrascht an.

Er hatte ein völlig verändertes Gesicht. Die müden Augen blickten wild, und die Bitterkeit um seine Mundwinkel war einem trotzigen Zug gewichen, der mich verblüffte...

Wir durchquerten so schnell wie möglich das Brutgebiet und atmeten auf, als wir die Dünen vor dem Haus wieder erreichten.

Der Rundgang hatte mehr als zwei Stunden gedauert. Es war etwa halb fünf. Swantje empfing uns mit einer Einladung zum Tee.

Der Tee war eine außerordentlich angenehme Überraschung.

Heinrich Heine, der sonst so Unbestechliche, hat geschrieben, der Tee, den die ostfriesischen Insulaner trinken, unterscheide sich von gekochtem Salzwasser nur durch den Namen... Hier irrt Heine. Oder ein bosnickeliger Norderneyer hat ihm den dritten Aufguß vorgesetzt – wer weiß, warum...

Swantje Dirksens Tee, mit Kandis, der beim Einschenken leise in den kleinen Tassen knisterte, mit Sahne, die in dem duftenden Gebräu Wolken und Sterne bildete – Swantjes Tee jedenfalls schmeckte wundervoll und machte mich warm und frisch und guter Dinge.

Ich fing an zu verstehen, daß man danach süchtig werden kann, wie andere Leute nach Kaffee. Nie wieder würde ich jedenfalls das dünne Zeug, das in unseren Breiten als Tee bezeichnet wird, ohne Verachtung trinken können. Ich war schon nach der zweiten Tasse für das bei uns übliche Teetrinken so verdorben wie ein Mann für die herkömmliche Liebe, nachdem er unversehens und unvorbereitet mit einer Frau geschlafen hat, die aus anderen Denk- und Gefühlsschemen liebt als den von der abendländischen Spitzenklöppel-Moral hervorgebrachten – es soll ja solche geben... Pardon für die Abschweifung!

«Tja, die Herren», sagte Dirksen, «das ist also Melloog... Den Leuchtturm hab ich Ihnen noch nicht vorgeführt, aber das können wir ja ein andermal machen. Viel ist da auch nicht zu sehen.» Er trank seine dritte Tasse Tee aus, erhob sich, um, wie er sagte, fürs Abendbrot zu sorgen: Er wollte drüben im Schuppen die Kaninchen abziehen, ausnehmen und zerteilen, die er gestern geschossen hatte.

Swantje legte das Strickzeug beiseite, mit dem sie an der Teestunde teilgenommen hatte, und räumte ab.

Dr. Schlünz ging hinüber in die Jagdhütte.

Harry erklärte, er wolle mal ein paar Versuche machen, mit welchem Mikrofon und welchem Windschutz das Möwengeschrei am besten aufzunehmen sei.

Jochen und ich machten uns auf den Weg zum Rand des Brutgebiets, um einen günstig gelegenen Platz für einen gut getarnten Beobachtungsstand zu suchen. Dirksen hatte uns schon eine Stelle gezeigt, aber da ging es wegen des Lichtes nicht.

Wir holten uns aus dem Schuppen, in dem der Vogt mit blutigen Händen wirkte, jeder einen Spaten, versprachen, nicht in frisch bepflanzten Randdünen zu graben, und marschierten los.

Die Möwen spielten schon wieder ihr großes Kreischkonzert, denn Harry näherte sich durch das Sanddorngestrüpp im Westen dem Brutgebiet. Er trug das Bandgerät über der Schulter und hielt in der rechten Hand ein Stabmikrofon und in der linken einen Stock, um dessen oberes Ende er bunte Stoffetzen gewickelt hatte. Es sah von weitem sehr komisch aus, wie er da wanderte: mit zwei erhobenen Armen, den Blick mal auf das Gerät gesenkt, mal ängstlich zu den Vögeln erhoben, die ihn umkreisten und Sturzflüge nach den Stoffetzen veranstalteten.

Jochen lachte.

«Es gibt irgendso 'ne Tänzer», sagte er, «ich weiß nicht wo, die mit Stäben in der Hand einher schreiten, als ob sie aufpassen müßten, nicht in Scherben zu treten.»

«Ja», sagte ich. «Bali oder so...»

«Oder in der Steiermark?» überlegte Jochen.

Wir wußten es beide nicht und gaben es auf, darüber nachzudenken, wir wandten uns unserem Vorhaben zu und ließen Harry allein weitertanzen.

Inzwischen hatten uns die Möwenwachposten entdeckt.

Das ist eine gut organisierte Sache, so eine Möwenkolonie. Auf den hohen Dünen ringsum stehen die Wächter und stoßen ein heiseres, durchdringendes *Ga-ga-ga-ga* aus, wenn sich irgendwas Bedrohliches dem Revier nähert. Daraufhin ziehen die Küken, faustgroße, flaumige graubraune Bällchen, die kleinen Köpfe ein und witschen ins dichte Gestrüpp, in den Strandhafer oder unter Grasbüschel. Dort liegen sie gut versteckt und bewegen sich nicht, bis die Wächter – wieder mit anderen Lauten – verkünden, daß die Gefahr vorüber ist. Und die Alten umkreisen den Eindringling inzwischen, lassen ihn nicht aus den Augen, verfolgen ihn oder greifen ihn sogar an, wie wir es am Nachmittag erlebt hatten.

Dirksen hatte erzählt, daß sein Hund, als er noch jung und ahnungslos war, einmal während der Brutzeit in die Kolonie gelaufen und nach wenigen Minuten jaulend, mit eingekniffenem Schwanz und angelegten Ohren aus einem Dutzend Schnabelhieben blutend, ins Haus geflüchtet sei und nie wieder versucht habe, dort einzudringen.

Ich kann nicht sagen, daß ich die Silbermöwen richtig sympathisch finde. Sie haben in ihren bösen Gesichtern einen Ausdruck, der mich an gewisse ältliche Lehrerinnen erinnert, an solche, die zwischen den Bankreihen hin und her gehen und den Blick über die gebeugten Nacken der Kinder schweifen lassen, die über einer Englisch-Arbeit ächzen. Ein Blick, dem man ansieht, daß er aufs Reinlegen aus ist; ein Frostblick, ein Beuteblick...

Aber ich bewundere die Klugheit der weißen Vögel, die schwebende Schwerelosigkeit ihrer Flugkünste, und mich fasziniert ihre Lebensweise: daß sie über Jahrzehnte jeden Sommer mit dem gleichen Partner nisten, brüten und ihre Jungen in geradezu aufopfernder Weise aufziehen, daß sie den Winter hindurch ein unstetes Einzelgängerleben führen und daß sie zuviel Charakter haben, um sich den Menschen anzupassen... Alles Eigenschaften, die bei den erwähnten ältlichen Lehrerinnen nicht anzutreffen sind.

Jochen und ich hatten unterdessen an der Westseite einer Düne eine Stelle gefunden, von der aus es eine Reihe guter Einblicke ins Brutgebiet gab. Dort hoben wir eine zwei mal zwei Meter große Grube von ungefähr siebzig, achtzig Zentimeter Tiefe aus. Das war gar nicht so einfach, denn der lockere Sand rutschte immer wieder nach. Wir mußten uns am Strand angeschwemmte Bretter und Balken holen und die Wände abstützen. Es war richtige Knochenarbeit, aber es machte auch Spaß.

Bei einem meiner Gänge zum Strand traf ich den Doktor, der dort mit gesenktem Kopf, die Hände auf dem Rücken, am Wasser entlang wandelte.

«Hallo, Herr Doktor!» schrie ich und winkte.

Er hob zaghaft die Hand und ging weiter.

«Na, denn nicht», sagte ich halblaut zu mir selber. «Nieselpriem!» Ich lud mir die Bretter auf, die ich gefunden hatte, und schleppte sie zu unserem Unterstand, der allmählich Gestalt annahm.

Jochen fand kurz danach eine dicke und breite Holzbohle, die noch naß und darum so schwer war, daß wir sie zu zweit schleppen mußten. Die legten wir auf der Seite, wo der Ausguck sein sollte, auf den Boden. Darauf konnten wir die Kamera stellen.

Während einer Verschnaufpause, in der ich eine Zigarette rauchte, kam Dirksen über die Dünen. Er hatte ein Jagdgewehr über der Schulter und ein grobmaschiges Netz in der Hand, wie ein sehr großes Schmetterlingsnetz.

«Guter Platz!» sagte er anerkennend. «Sie müssen es aber wohl auch oben abdecken, sonst sind Sie nicht gut genug getarnt.»

«Klar», sagte ich. «Wollen Sie fischen gehen?»

«Nein, ich muß ein paar junge Austernfischer beringen, die vor zwei Wochen geschlüpft sind. Das Nest ist ein Stück nördlich von hier in den Randdünen. Wollen Sie mitkommen?»

Natürlich gingen wir mit.

Dirksen erwischte mit seinem großen Schmetterlingsnetz nur eines der Küken. Die beiden anderen hatten sich unauffindbar im Sanddorngestrüpp verkrochen.

Das Elternpaar, taubengroße Vögel in den Farben des alten deutschen Reiches, wofür sie nichts können, stellte sich an, als ob die Welt unterginge. Sie hüpften auf ihren langen roten Beinen umher, torkelten mit aufgerissenen roten Schnäbeln durch Sand und Gras und spielten flügellahm, versuchten mit allen zu Gebote stehenden Tricks und Mitteln die Aufmerksamkeit auf sich und von ihren Kindern abzulenken, und griffen schließlich, als nichts half, den Vogt kreischend an.

Der ließ sich nicht stören und redete mit ihnen wie mit flegeligen Halbstarken:

«Na, nun ist's ja gut! Haltet die Luft an, ihr Dummköpfe! Ich tu euch ja nichts...»

Dabei faßte er das piepsende Küken, über das er sein Netz geworfen hatte, vorsichtig an, hatte ihm im Nu den Ring mit Zeichen und Zahl um das dünne Beinchen geklemmt und setzte es wieder auf die Erde, wo es nach einem Augenblick verwirrter Gelähmtheit rasch davonwuselte ins dichte Gras.

Ich habe schon gesagt, wie mich diese geschickte, flinke Behutsamkeit bei dem großen, grobknochigen Mann überraschte. Auch Jochen warf mir lächelnd und kopfschüttelnd einen verblüfften Blick zu.

Dirksen bat uns, das Netz nachher mit zum Haus zu nehmen. «Ich gehe eben noch rüber zum Leuchtturm», sagte er. «Um sieben gibt's Essen. Wo ist eigentlich der andere junge Mann?»

«Er macht Versuche mit dem Tonbandgerät», sagte Jochen. «Vor einer halben Stunde war er noch am Rande der Möwenkolonie.»

«So...» murmelte Dirksen und stiefelte nach Norden davon.

«Warum wollte er das wissen?» fragte Jochen.

«Vielleicht hat er Angst, daß Harry seine Tochter becirct», meinte ich.

«Glauben Sie?» Jochen machte ein erschrockenes Gesicht.

«Was?» wollte ich wissen. «Daß Dirksen so was befürchtet oder daß Harry es probiert? Beides halte ich für möglich.»

«Aber das wäre ja...» Jochen verstummte und arbeitete die nächste halbe Stunde, bis wir dann Schluß machten, so unkonzentriert und fahrig, wie ich ihn überhaupt noch nicht erlebt hatte. Immer wieder fand er einen Vorwand, auf die Düne zu klettern und hinüber zum Haus zu gucken, und immer wieder fragte er, ob wir nicht langsam losgehen müßten, um pünktlich zum Essen da zu sein.

«Ich glaube, der alte Dirksen hat's bestimmt nicht gerne, wenn er warten muß», sagte er, und: «Zwanzig vor sieben, Boss!» und: «Jetzt müssen wir aber los...» Schließlich konnte ich's nicht mehr mitansehen und beauftragte ihn, vorauszugehen und dafür zu sorgen, daß auch Harry pünktlich käme.

«Falls er nicht schon lange da ist...» murmelte er und rannte davon, als müsse er den letzten Bus kriegen.

«He, Jochen!» rief ich lachend hinter ihm her. «Nimm wenigstens deinen Spaten mit und das Netz!»

Er kehrte noch mal um.

«Kannst ja Harry damit fangen, wenn er gerade Unfug treibt.»

«Der Teufel soll ihn holen!» knurrte er und sauste ab.

Ich betrachtete noch unser Bauwerk und machte mich dann auch auf den Weg. Es war kühl geworden. Die Wolkendecke hatte sich geschlossen, und von Südosten her zog es dunkelgrau herauf. Der Wind pfiff mir um die Ohren. Hundert Schritt vor dem Haus trafen mich die ersten Regentropfen.

«Regenwetter und Eifersucht», murmelte ich. «Prima Voraussetzungen für gute Außenaufnahmen...»

4

Der Regen ging vorüber. Eine Stunde nach dem Kaninchenessen, nein, nach dem Essen der Kaninchen ... Also, eine Stunde, nachdem die Kaninchen gegessen waren, riß die Wolkendecke auf und das Tropfengetrommel an den Fensterscheiben verstummte.

Die Eifersucht jedoch ging nicht vorüber. Sie saß auf dem siebten Stuhl am runden Tisch – unsichtbar, aber spürbar. Und das war eigentlich auch kein Wunder. Denn Jochen hatte, als er das Haus erreichte, tatsächlich den Kollegen mitten in der Balz getroffen.

Harry hatte sich Dirksens Gitarre geholt, hockte auf einem Schemel in der Küche, wo Swantje das Abendbrot vorbereitete, und spielte ihr was vor.

Ich erfuhr bruchstückweise, unabsichtlich und zufällig, wie das ungefähr vor sich gegangen war, als ich meinen Spaten in den Schuppen brachte und ein paar Sätze aus dem Dialog aufschnappte, den die beiden Jungen in ihrer Kammer führten:

«... Blas dich doch nicht auf, Mann», höhnte Harry. «Das geht dich einen feuchten Dreck an, ob ich mit der Kleinen ...»

«Du sollst deine Pfoten von ihr lassen, sag ich dir! Sonst ...»

«Was sonst?»

«Sonst ... Sonst ...» Jochen atmete schwer. «Sonst polier ich dir die Visage!»

«Du polierst mir ...? Ach nee! Warum denn? Mit welchem Recht denn? Hat dich einer beauftragt, den Tugendwächter zu machen? Oder möchtest du selber mal mit ihr in die Dünen? – Hör mal, ich kann Gitarre spielen, wann und für wen ich will ... Und du hältst dich da gefälligst raus, du Klugscheißer. Klar?»

Ich hörte Gepolter und ging in die Kammer, ohne anzuklopfen.

Jochen stand blaß und mit geballten Fäusten vor Harry, der zurückgewichen war und dabei einen Stuhl umgeworfen hatte. Der Stuhl wackelte noch.

«Was 'n los?» fragte ich und tat so, als ob ich nichts gehört hätte.

«Nix weiter.» Jochen biß sich auf die Lippen und wandte sich ab.

«Kleine Meinungsverschiedenheit», erklärte Harry. «Er hat gesagt, ich soll nicht auf der Gitarre des ollen Dirksen spielen, ohne zu fragen.»

«Da würde ich auch vorsichtig sein», sagte ich. «Der ist sicher eigen und läßt niemand ohne besondere Erlaubnis mit dem spielen, was ihm gehört... So, kommt essen, Herrschaften – und tut mir den Gefallen und vertragt euch!»

«Okay, Chef.» Harry hob den Stuhl auf und ging mit ausgestreckter Hand auf Jochen zu: «Friede, Freundschaft, Eierkuchen!» sagte er.

Jochen drehte sich um, sah die ausgestreckte Hand an, dann mich, dann wieder die Hand und schlug schließlich zögernd ein. «Also bitte», knurrte er.

Das war kein Frieden, sondern Waffenstillstand. Aber immerhin.

Swantje hatte sich schön gemacht, als sie zum Essen die Glocke läutete. Sie trug einen enganliegenden weißen Pulli, der ihre hübschen Brüste betonte, und eine schmale hellgraue Flanellhose.

Dirksen schaute sie erstaunt an: «Ist was?»

«Nein», sagte sie. «Warum?»

Der Vogt runzelte ein wenig die Stirn und sah aus seinen blauen Augen Harry und Jochen an. Harry vier Sekunden länger. Der erwiderte unbeeindruckt den Blick und lachte dem Mädchen zu, über dessen niedliches Gesicht eine rote Welle lief.

«Na, denn Mahlzeit!» sagte Dirksen leise. Und wenigstens vier von uns verstanden, wie er das meinte.

Ich ließ mir von der gespannten Stimmung den Appetit nicht verderben. Das knusprig gebratene Kaninchenfleisch schmeckte allerdings auch so vorzüglich, daß es noch viel heftiger hätte zwischen den Männern knistern müssen, um meinen Genuß zu beeinträchtigen. Eifersüchteleien – du meine Güte! In fünf, sechs Tagen waren wir wieder weg. Dann würde sich der Sturm im Wasserglas legen... Als ob es nichts Wichtigeres gäbe, zum Teufel!

Nach dem Abendessen holte sich Dirksen sein Gewehr an den abgeräumten Tisch, nahm es auseinander und begann es zu reinigen und einzuölen.

Der Doktor bat schüchtern um einen Eimer, in dem er Salzwasser aus der See holen wolle, um ein paar Pflanzen aufzubewahren für zwei oder drei Tage.

Harry und Jochen sollten auf meine Bitte hinüber zum Schuppen gehen, die Kameras nachsehen, fertigmachen und Filme in die Kassetten legen, damit wir morgen früh, wenn das Wetter es zuließ, zeitig mit der Dreharbeit anfangen konnten.

Der Vogt sagte, daß er hinter dem Schuppen noch ein paar Reetbündel liegen habe, die vom Dach übrig seien. «Davon können Sie sich gern welche für die Abdeckung Ihres Unterstands nehmen. Aber das würde ich heute abend noch machen; es ist bis halb zehn hell. Dann haben sich morgen früh die Vögel daran gewöhnt.»

Also ging Jochen allein zu den Kameras, und ich schleppte mit Harry vier der dicken Reetbündel zur Düne. Wir holten noch ein paar Bretter vom Strand und legten sie quer über die Grube. Dann breiteten wir das Reet darauf aus und beschwerten es mit Steinen, damit der Wind es nicht wegblasen konnte.

«Richtig gemütlich», sagte Harry, als wir fertig waren. «Nach Drehschluß gut als Liebeslaube zu gebrauchen...»

«Untersteh dich!» sagte ich, mußte aber lachen und fragte ihn, ob er eigentlich gar nichts anderes im Kopf habe.

«Nein», sagte er. «Jedenfalls nichts, an das ich lieber denke.»

«Dirksen macht Putz, wenn du seiner Tochter den Kopf verdrehst!» warnte ich.

«Ist ja albern», sagte er. «Die sieht höchstens alle Vierteljahre mal 'n Jungen... Und das mit neunzehn!»

«Aber du kannst das Mädchen doch nicht mit einem Mädchen und den Vater doch nicht mit einem Vater irgendwo in der Stadt vergleichen! Stell dir mal vor, sie verliebt sich wirklich in dich, das arme Mädchen, und will hier weg...»

«Na und?»

«Dann ist er allein.»

«Kann ja wieder heiraten, nicht? Ist noch ganz rüstig, wie es scheint. Kleines Inserat: Gut erhaltener Fünfziger mit Strohdachvilla und Insel, Naturfreund, sucht für traute Zweisamkeit... Da kommen die Damen doch schiffsladungsweise! Wird schon eine dabei sein, die seinen Karnickeln die Bratpfanne wärmt – und ihm das Bett, was er schließlich von seiner Tochter sowieso nicht verlangen kann. Das wär sicher auch viel gesünder für ihn: Immer mit Vögeln zu tun haben und doch nie... Na!»

«Hör auf, Harry! Dirksens Gesundheit als Vorwand für die Verführung seiner Tochter – das geht doch 'n bißchen weit, hm?»

Er grinste. «Na ja – ich denk eben sozial... Das Mädchen kann einem ja auch leid tun.»

«Rührend! Aus lauter Mitleid willst du sie... Das ist besonders anerkennenswert, weil sie doch so abgrundhäßlich ist. Mir kommen gleich die Tränen!»

Wir waren fertig mit der Arbeit. Das Versteck war gut geworden. Morgen früh konnte es losgehen. Es war neun vorbei, als wir zum Haus zurückgingen. Bevor wir es erreichten, sagte ich noch einmal:

«Also bitte, Harry – unterdrück deine karitativen Neigungen, ja? Es gibt bloß Ärger!»

«Immer Ärger mit Harry», lachte er. «Das war 'n irrer Film, nicht?»

«Ja», sagte ich. «Irre!» Und schickte in Gedanken ein Stoßgebet zum grauen Himmel, das Mädchen möchte den mitleidigen Jungen abblitzen lassen.

Ich hätte besser um etwas ganz anderes gebetet – aber woher sollte ich das zu diesem Zeitpunkt wissen? Und daß Gebete den Menschen vor Gewehrkugeln schützen, ist auch noch nicht hundertprozentig bewiesen.

Gitarrenklänge empfingen uns, als wir durch den Windfang ins Haus traten. Dirksen saß in der Ecke des sechsfenstrigen Zimmers und spielte vor sich hin. Neben ihm strickte Swantje. Ihr gegenüber stopfte sich Jochen gerade eine neue Pfeife. Ein Bild des Friedens. Ich meldete, daß der Unterstand fertig und so gut gelungen sei, daß die Möwen ihn morgen sicher akzeptieren würden.

«Die Kameras sind auch klar», sagte Jochen.

«Wenn es nicht regnet, schmeiß ich euch also halb fünf aus den

Federn», kündigte ich den Jungens an.

Dirksen warf einen prüfenden Blick durchs Fenster.

«Es wird nicht regnen», sagte er, ohne sein Saitenzupfen zu unterbrechen. Und das klang so glaubwürdig, als hätte er gesagt: ‹Die Erde ist rund!›

Ich holte die zweite Flasche Cognac aus meinem Zimmer. Swantje stand lächelnd auf und brachte wortlos fünf Gläser. Ich goß alle fünf voll.

«Willst du das Saufen anfangen, Swantje?» fragte Dirksen.

«Ich? Wieso? Es ist für Dr. Schlünz!»

«Ach so – aber der ist nicht da... Und außerdem wär's viel zuviel für ihn.»

«Prost!» sagte ich.

Das dreifache Echo kam prompt.

Dirksen nahm plötzlich die Gitarre vom Schoß und gab sie Harry. «Spielen Sie mal 'n bißchen, Herr Jungnickel!» sagte er mit überraschender Heiterkeit. «Meine Tochter hat mir erzählt, daß Sie das so gut können.»

Harry zwinkerte verwirrt. «Ihre...? Ach so... Ja, ich hab vorhin... Das durfte ich doch?»

«Aber sicher», lachte der Vogt. «Instrumente sind zum Musikmachen da. Nu mal los. Nu will ich aber was hören!» Er freute sich. Seine Zähne blitzten mit seinen Augen um die Wette.

Harry nahm die Gitarre.

Jochen sah das Mädchen groß an. Das Mädchen schaute unsicher auf seinen Vater. Ich genoß den Angriff des Alten und Harrys Verwirrung. Der Junge griff den ersten Akkord...

Da polterten draußen Schritte. Die Tür wurde aufgerissen. Der Wind blies den Doktor ins Zimmer. Stolpernd, als hätte ihn jemand geschubst, torkelte er herein, gewann das Gleichgewicht kurz vor dem Tisch, stand, atmete schwer und keuchte:

«Da draußen... Da ist... Da hat... Auf mich ist geschossen worden!»

Wir waren alle aufgesprungen und sahen ihn an wie einen Geist. Er war auch blaß wie ein Geist... Das heißt, ich weiß nicht, ob Geister blaß sind. Ich habe noch keinen gesehen.

«Was?» sagte Dirksen. «Geschossen...? Wann?»

«Jetzt eben! Vor... Vor ein paar Minuten!» krächzte Dr. Schlünz. Er stützte sich mit der linken Hand schwer auf den Tisch und hob die rechte, in der er seinen Hut hielt. «Hier...» Er legte den Hut auf den Tisch. «Hier... Durch den Hut. Ich... Ich...»

«Nun trinken Sie erst mal 'n Schluck!» sagte ich und schob ihm das volle Glas hin. «Und setzen Sie sich!»

«Sie sind ja ganz naß!» rief Swantje. «Sind Sie ins Wasser gefallen?»

«Nein», erwiderte der Doktor. Er saß jetzt und hielt mit zitternden Fingern das Cognacglas. «Der Eimer... Ich hab mich hingeworfen vor Schreck...» Er trank in einem Zug das Glas leer, schüttelte sich und sah Dirksen an, der den Hut genommen hatte und prüfend betrachtete.

«Tatsächlich!» sagte er.

Jetzt sah ich es auch. Der Hut hatte oben zwei kleine Löcher.

«Sind Sie verletzt?» fragte ich und schaute Schlünz' Schädel an. Er fuhr sich mit der Hand ins Haar.

«Nein... Nein, ich glaube nicht...» Er stöhnte.

«Mach die Tür zu!» befahl der Vogt.

Swantje gehorchte.

«Nun mal langsam», fuhr er fort. «Also, wann genau ist das passiert? Und wo?»

«Wir müssen raus und suchen!» schlug Harry vor.

«Unsinn!» fuhr Dirksen ihn an. «Erst müssen wir mal wissen, wo das war. Bitte, Doktor!»

Der verstörte Botaniker berichtete.

Er sei mit dem Eimer zum Wasser gegangen – ja, über die Dünen zum Oststrand –, um sich Seewasser zu holen; er habe am Nachmittag in einem Priel ein paar sehr schöne Exemplare Seemoos, *Sertularia cupressina,* gefunden und nun über Nacht in Salzwasser legen wollen, um sie sich morgen, bei Tageslicht, unter dem Mikroskop anzusehen – da gebe es gewisse Wachstumsstrukturen, die...

«Weiter, Doktor! Halten Sie uns nicht mit dem Moos auf!» unterbrach ihn Dirksen barsch.

Der Doktor fuhr zusammen. Ich goß ihm noch einen Cognac ein, den er geistesabwesend austrank.

Ja, und da habe er Schuhe und Strümpfe ausziehen müssen, um

mit dem Eimer ans Wasser zu kommen, nicht wahr, wegen der Wellen, die sonst...

«Weiter!» Dirksen trommelte nervös mit allen zehn Fingern auf der Tischplatte.

Ich bot ihm eine Zigarette an. Er nahm sie. Jochen gab ihm Feuer. Er inhalierte tief.

Na ja, auf dem Rückweg war Dr. Schlünz auf eine Muschelschale getreten und hatte gemerkt, daß er vergessen hatte, Schuhe und Strümpfe wieder anzuziehen; die waren vorn am Wasser liegengeblieben. Er hatte also noch einmal kehrtgemacht... Kurz und gut, als er glücklich die Dünen wieder erreichte, war es schon ziemlich dämmerig gewesen.

«Und da auf einmal...» Er starrte uns der Reihe nach mit weit aufgerissenen Augen über den Rand seiner Brille an: «Da auf einmal machte es so *pitsch pitsch,* und etwas pfiff an meinem Gesicht vorbei, und noch mal *pitsch,* und mein Hut rutschte mir in die Stirn... Da hab ich erst gemerkt, daß das Schüsse waren, und hab mich in den Sand geworfen... Mitsamt dem Eimer.»

Er sah an sich herab. Seine Jacke und Hose waren an Bauch und rechter Seite dunkel vor Nässe.

Wie lange er da liegen geblieben war, wußte er nicht. Vielleicht drei Minuten oder fünf oder noch länger. Er hatte nichts gesehen und nichts gehört. Ein weiterer Schuß war nicht gefallen. Als er sich endlich hochgekrabbelt hatte, war weit und breit kein Mensch zu sehen gewesen. Da war er zum Haus geflüchtet. Den Eimer hatte er liegenlassen.

«Versteh ich nicht», knurrte Dirksen leise, nachdem Dr. Schlünz geendet hatte. «Außer uns sechs ist niemand auf der Insel. Ich hab auch kein Boot gesehen. Wer soll denn da geschossen haben?»

«Und warum?» fügte ich hinzu. «Warum gerade Sie, Doktor?»

«Ich weiß es nicht.» Schlünz schüttelte ratlos den Kopf.

«Ich geh mal nachschauen», erklärte der Vogt, griff sich eine der drei Waffen, die in dem Gewehrständer im Windfang standen, und ging zur Tür.

«Ich komme mit», sagte ich.

«Ich auch!» sagte Jochen.

«Ich auch!» sagte Harry.

«Auf Ihre eigene Verantwortung!» Der Vogt zuckte die Achseln. «Hol mir die Stablampe, Swantje.»

Das Mädchen, das die ganze Zeit schweigend den verstörten Doktor angesehen hatte, reagierte nicht gleich. Es stand völlig selbstvergessen da, die Arme vor der Brust gekreuzt, und schaute den kleinen Botaniker, der als einziger saß, unentwegt an, fast ohne einen Lidschlag... Der Blick war wieder traumwandlerisch und weit weg; der hübsche rote Mund stand ein wenig offen, und Swantjes Lippen bewegten sich, als ob sie sänge – aber es war nichts, kein Laut zu hören...

Da begann Dirksen plötzlich zu brüllen: «He, Swantje! Hast du Dreck in den Ohren, verdammt noch mal? Meine Stablampe!»

Das Mädchen fuhr wie erwachend zusammen, wischte sich über die Stirn und lief hinaus, an ihrem Vater vorbei, der rot vor Zorn dastand und schwer atmete. Ich war überrascht von dem hemmungslosen Ausbruch.

Draußen war es fast dunkel. Der Leuchtturm, der sich automatisch einschaltete, begann gerade, seinen Lichtfinger über Insel und See gleiten zu lassen. Der Wind blies mit unverminderter Stärke.

«Daß wir nichts gehört haben!» sagte ich, neben Dirksen vorausstapfend.

«Bei Westwind hört man keinen Schuß», sagte der Vogt. «Bestimmt jedenfalls nicht, wenn er im Ostteil der Insel fällt.»

Es war ein bißchen nervenkitzelig, so im Dunkeln durch die Dünen zu gehen. Hinter jeder konnte der unheimliche Schütze stecken, der den Doktor beschossen hatte. Auch Dirksens Gewehr gab da kein Gefühl der Sicherheit. Gewehre helfen nicht gegen Gespenster – und es mußte ein Gespenst gewesen sein, das dem armen Botaniker ans Leben gewollt hatte: Wir fanden nichts. Nichts, außer dem leeren Eimer. Nach Fußspuren zu suchen war sinnlos in der Dunkelheit. Die Stablampe täuschte mehr, als sie zeigte. Wir liefen noch vor zum Wasser. Jochen zog Schuhe und Strümpfe aus, um den Eimer wieder zu füllen, damit das Seemoos des Doktors nicht verdorrte.

Auch dort keine Spur.

Wir gaben es auf und kehrten um.

Dr. Schlünz saß noch immer in seinen nassen Sachen am Tisch. Swantje hatte ihn nicht überreden können, sich was Trockenes anzuziehen. Er traute sich nicht allein zur Jagdhütte.

«Ich bringe Sie rüber», bot ich mich an.

«Könnte ich bitte einen Schlüssel haben?» fragte er den Vogt.

«Einen Schlüssel?»

«Ja, für die Tür.»

«Wir haben keinen Schlüssel», sagte Dirksen. «Nur ein Vorhängeschloß von außen.»

«Klemmen Sie einen Stuhl unter die Türklinke», riet Harry.

«Ja...» Der Doktor nickte verzagt. «Wenn ich nur wüßte, warum...?» flüsterte er.

Das konnten wir ihm alle nicht beantworten.

Ich begleitete ihn. Die romantische Jagdhütte sah von außen wie eine bessere Gartenlaube aus. Innen war sie sehr hübsch und richtig wohnlich. Die Wände waren mit geflochtenen Bastmatten bespannt. Unter dem einzigen Fenster stand ein großer Tisch mit weißgescheuerter Holzplatte. Darauf lag ein Stapel wissenschaftlich aussehender Wälzer neben einem Mikroskop und einer Kamera und allen möglichen Gräsern und Pflanzen. Links neben der Tür befand sich ein altes Militärspind, das aber dank hellgelber Ölfarbe und einer Blümchenkante viel von seinem martialischen Aussehen eingebüßt hatte. Oben auf dem Schrank saß eine ausgestopfte Möwe, die eines ihrer Glasaugen verloren hatte. Das andere funkelte im Lichtstreifen, der durch den Schirm der Korblampe fiel. Rechts neben dem niedrigen Feldbett, über dem quer das aufgeschnürte Schlafsackbündel des Doktors lag, war hinter einem nur halb zugezogenen, breitgestreiften Vorhang das Waschbecken und ein Wandbrett mit einem Spirituskocher. Es roch auch leicht nach Spiritus. Dazwischen schob sich der dumpfe Duft von faulendem Seetang und der scharfe Geruch von Holzschutzmitteln und Schmierseife.

Aber ungemütlich war die Hütte nicht.

Ich zeigte dem Doktor, wie er den Stuhl mit der Lehne unter die Klinke klemmen konnte, machte auf seine Bitte hin die beiden Fensterladen von innen zu und verabschiedete mich schließlich, ihm eine gute Nacht trotz aller Aufregung wünschend.

«Wenn ich bloß wüßte, warum?» murmelte er noch, als er hinter mir die Tür ins Schloß zog.

Er tat mir leid.

Dirksen telefonierte, als ich ins Haus zurückkam. Die Tür zu seinem Arbeitszimmer stand offen.

«Ja, Fokko», hörte ich ihn noch sagen. «Denn bis morgen ... Und sagt mir auch Bescheid, wenn ihr was entdeckt, ja?» Damit legte er auf.

«Die Polizei», erklärte Jochen leise.

«Natürlich», sagte ich. «Daran hab ich noch gar nicht gedacht ... Kommen die her?»

«Ich weiß nicht», sagte Swantje, die wieder über ihrem Strickzeug saß. «Vielleicht morgen mit der Tide.»

Harry rauchte schweigend.

Ich goß eine Runde Cognac ein. Dirksen kam, schloß seine Arbeitszimmertür hinter sich, setzte sich und nahm Doktor Schlünz' Hut. Er schnupperte an den Schußlöchern, steckte die Kuppe seines dicken Zeigefingers hindurch und schüttelte mit gerunzelter Stirn den Kopf.

Harry griff, die Zigarette lässig im Mundwinkel, nach der Gitarre.

«Ach nein», sagte der Vogt. «Heute abend nicht mehr, was? Mir ist jetzt kein bißchen mehr nach Musik zumute. Ihnen?»

«Nein», sagte ich.

Jochen zuckte die Achseln. Swantje äußerte sich nicht. Harry stellte die Gitarre an die Wand.

Es herrschte drei oder vier Minuten völliges Schweigen im Raum. Vier Minuten Schweigen ist sehr lang.

«Wann wollen Sie also aufstehen morgen früh?» fragte Dirksen schließlich.

«Halb fünf», sagte ich. «Ehe wir dann soweit sind, wird es doch acht.»

«Gut. Ich wecke Sie.»

«Um Himmels willen!» widersprach ich. «Ich hab einen Wecker mit.»

«Wie Sie wollen – ich will sowieso bei Sonnenaufgang hoch. Vielleicht findet sich doch noch irgendein Hinweis darauf, wer auf

Dr. Schlünz geschossen hat.»

Wir hatten alle keinen Appetit mehr auf Cognac. Der Tag war lang gewesen, an Geschehnissen und Eindrücken gemessen doppelt so lang wie andere Tage.

Um elf machte ich das Licht in meiner Kammer unter dem Dach aus. Der Wind sang und pfiff um den Giebel des Hauses. Die Leuchtturmstrahlen wischten in gleichmäßigen Abständen Helligkeit über die schrägen Wände. Einundzwanzig – zweiundzwanzig – dreiundzwanzig – jetzt: vier Sekunden, dann noch mal vier Sekunden, dann acht Sekunden Pause... Und wieder in Vier-Sekunden-Abständen. Nach neun Helligkeiten, rechnete ich aus, war eine Minute vorüber.

Ich fing an zu zählen.

5

Ein rappelndes Klopfen weckte mich. Gleichzeitig ratterte mein Wecker los. Ich fuhr hoch und stieß mir den Kopf an der Wand schräg über dem Bett. Es war hell. Der Leuchtturm... Nein, die Sonne!

«Ja», rief ich.

«Halb fünf!» sagte die Stimme Dirksens. Er hatte es sich doch nicht nehmen lassen.

«Danke», rief ich.

«Tee ist fertig», sagte er.

«Komme!» sagte ich und rieb mir die Stirn.

Eine gute Stunde später schlichen wir zu dritt, Jochen, Harry und ich, sehr langsam, vorsichtig und schwer bepackt zum Unterstand.

Die Möwenwächter gackerten trotzdem, aber ich hatte den Eindruck, die Aufregung im Brutgebiet sei diesmal nicht so groß wie gestern. Auch darin schienen diese Vögel den Menschen zu gleichen: Sie gewöhnten sich an alles.

Wir hatten an diesem Vormittag unwahrscheinliches Glück. Es klappte wundervoll: Die Sonne schien und tat das auch im richtigen Winkel. Die Kamera konnte aus unserem Versteck heraus alles sehen und erfassen, was vom Familienleben der Silbermöwen sehenswert, wichtig und wissenswert war. Und die Möwen spielten so prächtig mit, als bekämen sie Gage fürs Brüten, Futterholen, Eierwenden; als hätten sie es extra geübt.

Im Schwenkbereich der Kamera, der ungefähr vierzig Nester erfaßte, geschah genau das, was wir brauchten: Ein Silbermöwenmännchen vertrieb fauchend eine Heringsmöwe, die sich in sein Revier verirrt hatte. Andere Möwenpaare lösten sich beim Brüten ab. In einem Nest schlüpften zwei Küken aus ihren Eiern. Wieder andere Möweneltern, deren Küken schon geschlüpft waren, führten uns vor, wie sie die niedlichen Flauschbällchen fütterten und umsorgten und verteidigten. – Es war wie auf einer Bühne. Jochen brauchte nur auf den Knopf zu drücken und die Kamera laufen zu lassen.

Es sah also so aus, als würden wir unseren Streifen glatt und gut hinkriegen. Mir gefielen nur die beiden Jungen nicht. Sie waren anders als sonst. Sie blödelten nicht, sie alberten nicht, sie machten nicht bei jeder Gelegenheit zweideutige Bemerkungen... Sie arbeiteten technisch gut und zuverlässig, aber sie arbeiteten fast stumm, verbissen, ohne sich anzusehen, ohne den Jux, der eigentlich zu den Dreharbeiten gehörte wie Senf zur Bockwurst.

Kurz nach zwölf, unsere Mägen knurrten schon um die Wette, wurden die Möwen unruhig. Die Wachposten schlugen Alarm, und die Küken flüchteten geduckt in Deckung.

«Ach, hier sind Sie ja!» Dirksens Stimme.

Ich krabbelte aus dem Unterstand.

Der Vogt kam über die Düne. «Ich hätte Sie bald gar nicht gefunden!» sagte er. «Sie sollen kommen. Swantje hat das Essen fertig.»

Wir ließen alle Sachen im Unterstand, Jochen nahm nur die belichteten Filme mit, und machten uns auf den Weg. Der Hund Dirksens, ein hübscher Münsterländer, der sonst in einem großen Zwinger neben dem Haus war, wedelte um unsere Beine. Er hielt sich dicht in unserer Nähe, solange die Möwen uns kreischend umkreisten.

«Wir haben ganz schön geschafft, Herr Dirksen», sagte ich. «Ihre Vögel sind Zucker! Sie haben alles gemacht, was sie sollten.»

«Wenn man das bloß von den Menschen auch sagen könnte», erwiderte er, nahm eine Zigarette aus der Schachtel, die ich ihm anbot, und gab mir mit seinem Sturmfeuerzeug Feuer.

«Haben Sie Ärger?» fragte ich.

«Ärger?» Er überlegte. «Ärger ist was anderes. Wenn mein Hund nicht pariert und mir eine flügellahme Eiderente totbeißt, die ich vielleicht hätte gesundpflegen können... Oder wenn ich am äußersten Ostende der Insel bin und dort läuft mir ein schönes, fettes Kaninchen übern Weg, und ich habe zwar meine Flinte dabei, aber keine Schrotpatronen... Oder wenn ich rüber auf die Nachbarinsel schippere, weil dort auf der Post irgendwas Eiliges für mich liegt, und unterwegs streikt mein lütter Außenbordmotor, weil ich vergessen habe, Sprit nachzufüllen, und ich muß nun anderthalb Stunden gegen die Strömung rudern – und dann hat natürlich die Post zu... Also, dann ärgere ich mich. Immer dann, wenn's an mir selber liegt, daß was schiefgeht – verstehen Sie, Herr Kiwitt? Den Hund hätte ich besser erziehen müssen, die Schrotpatronen hätte ich einstecken müssen – und daß auch der bravste Außenborder ohne Sprit nicht läuft, weiß der Dümmste... Aber so was wie gestern abend, das ist nicht ärgerlich. Das ist unheimlich. Gespenstisch, wenn Sie wollen. Und ich hab was gegen unerklärliche Sachen, verstehen Sie! Was es nicht gibt, das gibt's nicht, verdammt noch mal!»

So eine lange Rede hatte ich noch nicht von Dirksen gehört und ihm auch nicht zugetraut. Er war richtig ein bißchen außer Puste vom Reden, als wir jetzt das Haus erreichten.

Swantje hatte eine badewannengroße Schüssel voll grüner Bohnen gekocht. Wir aßen wie die neunköpfigen Scheunendrescher, schafften die Menge jedoch trotzdem nicht. Dr. Schlünz aß nicht mit. Er war schon am frühen Morgen – noch vor uns – losgezogen, um die tiefste Ebbe auszunutzen und weit draußen im Watt irgend etwas sehr Seltenes zu pflücken, das in einem der tiefen Priele wuchs und eben nur bei Niedrigwasser zu erreichen war, wenn man nicht gerade tauchen wollte.

«Hat er sich denn ein bißchen beruhigt?» fragte ich den Vogt.

«Weiß nicht, ich hab ihn nicht gesprochen heute früh.»

«Doch», warf Swantje ein, «er war ganz heiter beim Frühstück. Er hat sogar irgendeine Melodie gesummt, als er losging.»

«Vögel, die am Morgen singen, holt am Abend die Katze», murmelte Harry.

Dirksen ließ den Löffel sinken, den er gerade zum Munde führen wollte, und sah den Jungen groß an.

«Ich... Ich mach ja bloß Spaß!» stammelte Harry verwirrt.

«Eigenartiger Spaß», knurrte Dirksen, klopfte mit dem Zeigefingerknöchel dreimal ans weißgescheuerte Holz der Tischplatte und aß schweigend weiter.

Jochen hatte sichtlich Mühe, nicht zu grinsen. Swantje sah auf ihren Teller, stocherte mit dem Löffel in den Bohnen herum und biß sich auf die Lippen. Aber mir schmeckte es großartig. Meine Mutter hat die Bohnen früher auch immer so gekocht, mit Hammelfleisch und einer winzigen Prise Muskat.

«Machst ihm was warm, wenn er wiederkommt», sagte Dirksen zu seiner Tochter.

«Ja», sagte das Mädchen heiser, räusperte sich und wiederholte: «Ja, Vater.»

«Hoffentlich denkt er an die Zeit», fuhr der Vogt fort, «das Wasser kommt so schnell... Und der sieht nicht so aus, als ob er ein guter Schwimmer wäre.»

«Richtiger weltfremder Gelehrter», sagte ich, um auch irgendwas zu sagen.

«Ja», pflichtete Dirksen mir bei. «So 'ne hab ich ja öfter hier auf Melloog. Vor zwei Jahren, weißt du noch, Swantje, dieser pensionierte Lehrer aus dem Oldenburgischen? Der war hinter den Strandflöhen her wie der Teufel hinter der armen Seele. Von früh bis spät redete er davon. Ich weiß sogar noch den lateinischen Namen – *Orchestia gammarellus*. Und was sie für 'ne dollen Viecher wären mit drei Paar Sprungbeinen, und was weiß ich noch alles... Wie hieß der bloß, Swantje?»

«Dr. Geiß», sagte Swantje.

«Richtig – Geiß...» Dirksen lachte. Sein Unmut über Harrys Bemerkung war weg wie eine der schnell ziehenden Wolken vor der Sonne. Seine Augen, die eben noch zornig gefunkelt hatten, blinzelten jetzt vergnügt und fröhlich in der Erinnerung an den komischen Gast.

Swantje nickte. Sie sah ihren Vater mit einem Blick an, der voller Bewunderung war, so voller strahlender Bewunderung, daß ich einen Augenblick dachte, die liebt ihn ja... Liebt sie ihn, wie eine Tochter ihren Vater liebt?

Und er erwiderte diesen Blick mit einem zärtlichen Zwinkern, das nach ‹Weißt du noch?› aussah, nach gemeinsamen Geheimnissen... Dann riß er sich zusammen. «Er wollte sich selber verpflegen», erzählte er weiter, «aß also nicht mit bei uns. Er hatte tausend Kartons und Tüten und Schachteln und Beutel mitgebracht und hauste da unten in der Hütte... Bis ihn Swantje eines Tages fand, als sie mal nach dem Rechten sehen wollte. Da lag er bewußtlos vor dem Bett auf der Nase. Sie hat einen fürchterlichen Schrecken gekriegt. Aber es war gar nichts. Der Sandfloh-Forscher hatte lediglich vergessen, was zu essen. Zwei Tage hatte er nix gegessen – oder drei, ich weiß nicht mehr... So was Dummes!»

Wir lachten. Harry lachte am lautesten. Auch Swantje lächelte.

«Du guckst also auch bei dem Dr. Schlünz mal nach, nicht wahr, Swantje!» sagte der Vogt zu seiner Tochter. «Er wird wahrscheinlich nicht auch das Essen vergessen, aber... Na, sicher ist sicher.»

«Seemoos ist ja sicher nicht so aufregend wie Strandflöhe», meinte Jochen, «das hüpft jedenfalls nicht weg, wenn man's beobachten will.»

«Nee...» Der Vogt grinste.

«Haha!» machte Harry bissig.

Jochen schoß einen Blick auf ihn ab, angesichts dessen jeder hauptberufliche Kinoschurke vor Neid erblaßt wäre.

«Freundschaft, Genossen!» Ich hob lächelnd die geballte Faust.

Sie waren drei Wimpernschläge lang verdutzt, besannen sich dann aber und brachen fast gleichzeitig in verlegenes Lachen aus, das bei Jochen Kieselack nach Beschämung, bei Harry Jungnickel nach Trotz klang.

Der Vogt und Swantje wußten mit meiner kleinen Demonstration nichts anzufangen. Das war auch nicht zu verlangen, denn sie kannten die revolutionstheoretischen Diskussionen nicht, die Harry und Jochen häufig führten. Vater und Tochter sahen sich also einigermaßen verständnislos an.

Ich widmete mich dem Nachtisch – Vanillepudding mit Himbeersauce – und meinte beiläufig, daß wir, wenn es so gut weiterliefe wie am heutigen Vormittag, in drei Tagen den Film im Kasten haben könnten. «Hauptsache, das Wetter spielt mit», beendete ich mein Ablenkungsmanöver.

«Da sehe ich schwarz», meinte Dirksen. «Wir haben heute Vollmond, und der Wind fängt an, von Nordwesten nach Südwesten zu drehn. Es wird keinen Dauerregen geben – den gibt's hier sowieso kaum –, aber so klar wie heute vormittag bleibt's, glaub ich, nicht mehr lange.»

Im Wetterbericht, den ich im Radio vor dem Essen gehört hatte, war zwar von einem heranziehenden ausgedehnten Hoch von den Azoren die Rede gewesen – aber erstens glaube ich Wetterberichten ohnehin nicht mehr recht, seit ich mal im Vertrauen auf ein ebenfalls angekündigtes Azorenhoch Anfang Mai mit einer – auf meinen Rat hin sommerlich gekleideten – Dame beinahe in einem Schneesturm umgekommen wäre, und zweitens hatte der Vogt für mich in Fragen, die sich auf Naturereignisse aller Art bezogen, etwas so unbedingt Sicheres, Zuverlässiges, Vertrauenswürdiges – wie es manchmal Väter und gelegentlich auch Lehrer haben können.

Angesichts der vagen Wetteraussichten ordnete ich also an – oder richtiger, ich schlug vor; ich bin für Mitbestimmung –, gleich nach dem Essen weiterzudrehen, solange die Sonne noch schiene.

Bevor wir aufbrachen, fragte ich: «Haben Sie eigentlich irgendwas entdeckt, Herr Dirksen?»

«Entdeckt?» fragte er zurück. «Was denn?»

«Irgendeine Spur, einen Hinweis auf den mysteriösen Schützen gestern abend.»

«Nichts», sagte er. «Das wäre auch zu unwahrscheinlich. Die ganze Nacht der steife Wind, da versandet jede Spur. Und vorn am Wasser, wo sich schon mal Fußstapfen halten, ist unterdessen zweimal hohe Flut gewesen... Ich kann mir ja auch nicht denken, daß da einer mit 'nem Boot vom Festland kommt, oder von einer Nachbarinsel, um im Halbdunkel dreimal auf einen Wildfremden zu schießen und wieder wegzufahren... Was soll das?» Er war wütend über die Unfaßbarkeit der Geschichte und fiel ins Plattdeutsch: «Dat smeckt mi as Root un Törfmurt!» Und er machte dazu ein Gesicht, als hätte er tatsächlich Root un Törfmurt – Ruß und Torfmull – im Mund.

Wir stiefelten los. Jochen und Harry waren so liebenswürdig zueinander, daß mich fröstelte.

Die Möwen schienen mir lauter und aufgeregter zu sein als am Vormittag. Der Himmel hatte seine strahlende Bläue verloren. Weiße Wolkenfahnen zogen sich wie Kondensstreifen von Osten nach Westen, aber die Sonne schien noch, und wir hätten drehen können, wenn unser Unterstand schwenkbar gewesen wäre. Aber so ging es nicht. Das Gegenlicht war zu grell, die Möwen waren nur als Schattenrisse im Sucher zu sehen.

«Laßt die Stative stehen», sagte ich, «bringt die Kameras rüber in euren Schuppen und holt die Handkamera. Wir wollen versuchen, ein paar Einzelschüsse im Brutgebiet zu kriegen, vielleicht auch ein paar Flugaufnahmen oder so was – wenn sie angreifen, zum Beispiel.»

«Okay, Boss», sagte Harry. «Mit Ton?»

«Nimm das Nagra mit, mal sehen – vielleicht geht's ja.»

Sie montierten die Kameras ab, deckten die Stative mit Plastiktüten zu, damit die Schwenkgelenke nicht versandeten, und zogen ab. Ich setzte mich auf die Leeseite unseres Verstecks und zündete mir eine Zigarette an. *Ga-ga-ga-ga*... riefen die Möwen-Wachposten meinen mürrischen Mitarbeitern nach.

Als sie hinter einer hohen Düne verschwunden waren, raschelte es neben mir im Strandhafer, und ein Schatten fiel zu meinen Füßen über den Sand. Ich sah hoch.

Swantje.

Der Wind spielte mit ihrem Haar. Sie probierte ein Lächeln und riß erregt an einem Taschentuch, das sie in den Händen drehte.

«Hallo, Swantje», sagte ich. «Suchen Sie mich?»

«Ja... Eh, nein... Oder... Also ich... ich wollte...» stotterte sie und brach ab.

«Was ist denn?» fragte ich. «Kann ich irgendwas für Sie tun?»

Sie sah sich scheu um.

«Setzen Sie sich zu mir», sagte ich, klopfte einladend mit der flachen Hand den Sand an meiner Seite und überlegte, wo sie wohl den scheuen Blick gelernt haben mochte, der zu ihr paßte wie Rauhreif auf Sonnenblumenblüten. Hier gab's doch niemanden, der nicht zusehen durfte! Dirksen war zum Leuchtturm gegangen, Dr. Schlünz suchte am Ostende Seemoos oder sonstwas, die beiden Jungen waren gerade zum Haus unterwegs – keine Gefahr, gesehen zu werden, wenn sie sich neben mich in den Sand setzte... Ganz abgesehen davon, daß auch ich leider keine Gefahr für hübsche Mädchen mehr darstelle. Verdammt schade eigentlich, daß man im ‹seriösen› Alter nicht mehr als Gefahr in Betracht gezogen wird...

Es gibt kaum etwas Schlimmeres, als zum väterlichen Freund, zum Beichtvater erwählt zu werden von einem Mädchen, das einem wie ein Glas frisches Wasser vorkommt. Durstig ist man mit Mitte Vierzig auch noch – vielleicht durstiger als die meisten Zwanzigjährigen, die ja gar nicht wissen, wie gut frisches Wasser schmeckt...

Okay. – Ich faltete also meine knapp siebenundvierzigjährigen Hände keusch über meinen eigenen Knien und wartete geduldig auf das Überlaufen von Swantjes Herz.

Ich mußte eine ganze Weile warten. Die Möwen, die sich beim Aufbruch der Jungen und bei der Ankunft Swantjes wieder wie blödsinnig aufgeregt hatten, waren längst ruhig geworden, als das Mädchen endlich begann:

«Sie müssen mir aber versprechen, Herr Kiwitt, daß Sie meinem Vater nichts sagen...»

«Großes Ehrenwort!»

«Und auch sonst niemand, ja?»

«Keiner Menschenseele!» versicherte ich.

«Es ist nämlich...» Sie zog mit ihrem Zeigefinger Rinnen in den Sand und blinzelte mich durch den hellen Haarvorhang an: «Es geht nämlich um... Ich wollte Sie fragen, ob...»

«Na, spuck's schon aus, Swantje», ermunterte ich sie. «Wo drückt denn das Schuhchen?»

«Ach...» Sie schwieg und errötete.

Ich war mir durchaus keiner Anzüglichkeit bewußt. ‹Schuhchen› bedeutete doch wohl nichts Unanständiges? Man kann ja nie wissen. Auch erotische Sprachgebräuche sind der Mode unterworfen. Als ich achtzehn war, hätte zum Beispiel bei dem Wort ‹bumsen› keiner an was anderes gedacht als an Lärm...

«Ach, es ist wegen Harry», sagte sie endlich. «Ich meine, wegen Herrn Jungnickel...» Sie sah prüfend zu mir auf, ob ich eine Miene verzöge.

Ich verzog keine Miene, wenn mir auch danach war.

«Er hat mir gesagt, daß...» Sie suchte nach Worten.

Ich hätte ihr sicher sagen können, was Harry gesagt hatte. Das sind im Grunde immer dieselben Sprüche. Aber ich sagte nichts, um sie nicht zu erschrecken.

«Wir haben uns gern», wisperte sie. «Er ist... Ich glaube, er ist ein wunderbarer Mensch.»

Ach, du heiliger Strohsack! So schlimm war es schon mit ihr, daß sie den Hallodri Harry, den Schürzenjäger, den Maulhelden, für einen ‹wunderbaren Menschen› hielt!

Wenn sie gesagt hätte, ‹er ist dufte› oder ‹er ist okay› oder ‹er ist in

Ordnung› – das hätte ich noch akzeptiert. Aber ‹wunderbar›... Und wie sie das ‹wunderbar› sagte! Das klang nach Prinz von Homburg, James Dean und Franz Beckenbauer in einem Atemzug. Dabei konnte Harry, bei Lichte besehen, bestenfalls Beckenbauers Fußballerbeine für sich in Anspruch nehmen...

Ich sagte nichts, sondern nickte nur ein bißchen.

«Und er will, daß ich hinkomme zu ihm, nach Hamburg», fuhr das Mädchen fort. «Bald, hat er gesagt. Sobald es geht.»

«Was sollen Sie denn dort?» fragte ich.

«Ihn besuchen», erwiderte sie. «Er meint, daß wir wundervoll zusammenpassen. Das finde ich auch. Aber er hält es für richtig, daß wir nichts überstürzen, daß wir uns erst näher, erst richtig kennenlernen, ehe wir... ehe wir heiraten!»

«Hat er gesagt, daß er dich heiraten will?» Ich duzte sie plötzlich, ohne daß einer von uns es recht bemerkte.

«Nein, nicht so direkt... Er hat gesagt, daß man sich prüfen muß, ehe man sich bindet, oder so ähnlich...» Eine Mißtrauenswolke beschattete ihre schönen Augen: «Warum fragen Sie? Ist er... Er ist doch nicht schon...»

«Verheiratet?» Hier konnte ich ohne Bedenken Auskunft geben. «Aber nein!» beteuerte ich.

Sie lächelte erleichtert. Ich lächelte auch, aber mein Lächeln war so ehrlich wie die Laudatio eines Kulturbeamten mit humanistischer Bildung auf einen preisgekrönten Jungfilmer aus den Slums von West-Berlin.

Dieser Sauhund! Setzt so einem zauberhaften Mädchen solche Flöhe ins hübsche Ohr, nur um ihr hier ein paar Tage lang unter die Bluse...

«Hat er auch keine Freundin?» fragte Swantje.

«Das weiß ich nicht», sagte ich. «Wir arbeiten zwar viel zusammen, aber mit wem er seine freie Zeit verbringt, kann ich nicht sagen.»

Pause.

Windverwehte weißblonde Locken; ein Finger, der herzförmige Kurven in den Sand malte. Schweigen.

«Was sagt denn Ihr Vater dazu?» fragte ich, nun wieder mit korrekter Anrede.

Sie blickte erschrocken auf: «Er weiß es doch noch nicht!»

«Sie müssen es ihm sagen. Ihm als erstem, Swantje. Was soll er denn hier auf der Insel ohne Sie anfangen? Und – glauben Sie, daß *Sie* sich an das Leben in der Großstadt gewöhnen können? An den Krach, den Dreck, die Hast...?«

«Ich war ja schon mal in einer Stadt», sagte sie. «In zweien sogar – Emden und Aurich. Das hat mir gut gefallen dort, die vielen Geschäfte, und... Und wir haben in einem Restaurant gegessen, Vater und ich; ganz toll. Der Kellner hatte einen Frack an. Und beim Friseur bin ich gewesen... Ach...» Sie verstummte.

Ich hätte es ihr so gern erklärt, daß ein Friseurbesuch in Emden oder ein Restaurant mit befracktem Kellner in Aurich noch nichts mit Großstadt-Alltag in Hamburg zu tun haben. Ich hätte ihr gern gesagt, daß ein charmanter Kamera-Assistent mit flinken Händen und Sprüchen und Augen, mit weltmännischem Gehabe und aufregenden Küssen auf einer einsamen Vogelinsel ein Idol sein kann, während er zwischen hunderttausend anderen Jungen in einer großen Stadt vergleichsweise uninteressant, jedenfalls durchaus kein strahlender junger Gott ist... Alles das hätte ich ihr gern behutsam beigebracht; aber mir war klar, daß ich gegen ihre Vorstellung von dem ‹wunderbaren› Harry machtlos sein würde.

Außerdem kam in diesem Augenblick der kleine, grauzipfelhaarige Doktor dazwischen. Mir blieb also der väterlich-freundschaftlich erhobene Zeigefinger, zu dem ich ohnehin keine Neigung hatte, erspart.

Dr. Schlünz kam über die Düne direkt auf unseren Unterstand zu. Er sah müde aus, zerzaust und verweht, hatte ein vom Wind rotes Gesicht und schien sehr glücklich. Er sah uns nicht gleich, so gedankenverloren stapfte er daher; doch dann entdeckte er mich und winkte, hob triumphierend die grünlackierte Botanisiertrommel und rief:

«Ich habe ein wundervolles Exemplar *Gymnadenia cucculata,* Herr Kiwitt!»

«Aha», rief ich zurück und zeigte mich hocherfreut, obschon ich nicht wußte, ob es sich um ein Viech oder um eine Pflanze handelte. «Gratuliere, Herr Doktor!»

Er schlurfte davon. Ich wandte mich wieder Swantje zu; ich wollte sachte versuchen, ihr das Hirngespinst Harry auszureden…

Doch sie war verschwunden. Nur die Spur ihrer nackten Füße zog sich noch durch den Sand.

6

Es war unmöglich, die Möwen im Brutgebiet zu filmen. Selbst wenn wir uns an einen Platz hinstellten, wo keine Nester in unmittelbarer Nähe waren, sogar wenn wir uns zwischen den Strandhafer hockten, immerzu griffen sie an, stürzten in kühnen Kurven auf die Kamera los, hackten nach dem Stabmikrofon, kreischten, schrien, schlugen mit den Schnäbeln und Flügeln um sich, daß uns angst und bange wurde.

Als sie schreiend den Schaumgummi-Windschutz des Mikrofons zerfetzt hatten, gab Harry es auf, den Ton mitzuschneiden.

Jochen drehte noch mit der Handkamera, und ich stand neben ihm, hatte einen roten Schal um einen Stock gewickelt und versuchte damit, die wütenden Vögel abzulenken. Aber dann stieß eine der Möwen fast senkrecht aus dem Himmel auf Jochens Kopf zu und brachte ihm einen Schnabelhieb an der Stirn bei, aus dem sofort das Blut über Auge, Kamera und Kinn lief.

Da kapitulierte auch Jochen fluchend, und wir traten fluchtartig den Rückzug an, vom Gekeife des aufgeregten Federviehzeugs verfolgt.

Harry schimpfte. Jochen hielt sich sein Taschentuch an die Stirnwunde, die schon nicht mehr so blutete, und ich trug die Kamera. Als wir die Dünenkette vor dem Vogthaus erreicht hatten, ließen die Möwen von uns ab und flogen zurück zu ihren Nestern, die sie mit so durchschlagendem Erfolg gegen uns verteidigt hatten.

Auf der Dünenkuppe stand Dirksen und lachte. «Kiwitts Waterloo!»

«Dann müßten Ihre blöden Möwen Blücher heißen oder Wellington», sagte ich ärgerlich, weil ich mir auch Vorwürfe machte, die Dreherei überhaupt angeordnet zu haben. Unvorstellbar, wenn so ein Mistvieh Jochen ein Auge ausgehackt hätte!

«Aber das, was wir im Kasten haben, kann sehr dufte sein», sagte Jochen. «Hoffentlich hab ich beim Schwenken nicht verrissen!»

Dirksen bot sich an, tragen zu helfen. Ich gab ihm die Kamera und nahm Jochen den Akku ab, damit er ins Haus gehen und sich von Swantje den Schnabelhieb auswaschen und verpflastern lassen konnte.

«Ordentlich desinfizieren!» sagte der Vogt. «Das gibt sonst leicht eine Blutvergiftung bei dem Gammel, den die so fressen. Swantje soll Ihnen einen Mulltupfer mit Jod getränkt darüber kleben. Brennt bißchen, ist aber nötig!»

«Schmerz von zarter Hand ist reine Freude», frozzelte Harry. «Schade, daß ich nicht irgendwo eine Wunde habe.»

«Das kann ja noch werden!» konterte Jochen. «An mir soll's nicht scheitern.»

Dirksen grinste, sagte aber nichts. Ich versuchte, ihm verständnisinnig zuzublinzeln, aber er reagierte nicht.

«Die Polizei hat angerufen», berichtete er, während wir zu dritt am Haus vorbeigingen, um die Geräte in den Schuppen zu schaffen.

«Ja und?» fragte ich.

«Nichts», erwiderte er. «Weder auf der Nachbarinsel noch auf dem Festland ist irgendwas festzustellen, was auf einen heimlichen Besucher Melloogs hindeutet. Keine verdächtigen Leute, kein fremdes Boot – nichts. Wenn nicht Neptun höchstpersönlich aus dem Wasser gestiegen ist und auf Dr. Schlünz geschossen hat... Ich weiß nicht...»

«Neptun schießt höchstens mit einer Harpune», sagte ich. «Oder er schmeißt seinen Dreizack. Von moderner Bewaffnung des Wassergottes hab ich jedenfalls noch nichts gehört.»

Ich war froh, daß der unerklärliche Zwischenfall nun im Flachston diskutiert wurde, obwohl ihn das im Grunde nicht weniger unheimlich machte. Aber Bedrohungen, über die man spottet, wirken gleich weniger bedrohlich, nicht wahr?

Wir verstauten unsere technischen Geräte in der Stube neben dem Schuppen; Harry nahm sich seinen Nagra-Aufnahmeapparat vor und prüfte, ob er durch den Möwenangriff gelitten hatte. Aber außer dem Mikrofon-Windschutz war alles heil geblieben. Auch die Kamera hatte das Abenteuer überstanden.

Der Vogt ließ sich interessiert von uns die Apparate erklären. Jochen kam nach einer Viertelstunde mit imponierendem Pflaster auf der Stirn dazu. Wir verplauderten den Rest des Nachmittags. Dirksen erzählte. Ich erzählte. Die zwei Jungen sagten nicht viel. Und wenn sie was sagten, kamen mir ihre Sätze wie Kampfhähne vor, die mit gesträubtem Gefieder umeinander stolzierten. Dirksen tat so, als merke er nichts, aber seine Augen beobachteten durch den Rauch seiner Pfeife genau den Hahnenkampf.

Gegen sieben holte Swantje uns aus der verqualmten Stube zum Abendbrot ins Haupthaus. Das Nachmittags-Teetrinken hatte ohne uns stattgefunden. Ich war ziemlich müde von Luft und Wind und der ungewohnten Herumlauferei. Der Tee fehlte mir. Dr. Schlünz machte ebenfalls einen schläfrigen Eindruck. Das Ding mit dem lateinischen Namen, über dessen Entdeckung er sich so glücklich gezeigt hatte, war übrigens eine Orchideenart – eine wirklich seltene kleine Pflanze, hübsch und skurril anzusehen. Er hatte sie aus seiner Hütte mitgebracht und führte sie vor.

Dirksen knurrte: «Aber Sie wissen ja wohl, daß die unter Naturschutz stehen, Doktor – oder?»

«Sie war abgebrochen», behauptete Schlünz.

Ich sah, daß er log.

Es gab Rühreier mit Schinken, Bratkartoffeln und gemischten Salat, danach Käsebrot. Das Gespräch bei Tisch floß träge und zögernd. Swantje hatte Mühe, mich anzuschauen, als hätten wir beide – und nicht Harry und sie – ein süßes Geheimnis miteinander. Schade, daß wir keines hatten. Schlünz' Gesicht glühte. Er hatte sich einen Sonnenbrand geholt, und die geölte Haut wirkte zu eng über Backenknochen, Nase und Kinn. Seiner äußerst sparsamen Mimik nach war sie auch zu eng. Jochen erinnerte mit dem Jodtupfer-Pflaster an einen Corpsstudenten nach der ersten Mensur. Als ich ihm das sagte, knurrte er:

«Corpsstudent! Ausgerechnet ich...»

Harry machte kleine Anläufe zum Reden; doch die allgemeine Unlust, darauf einzugehen, lähmte schließlich auch seinen Tralala-Frohsinn.

Als das Essen beendet war, schienen alle froh zu sein, nun gleich auseinanderlaufen zu können.

Draußen ging die Wetterprophezeiung in Erfüllung, die der Vogt entgegen der amtlichen Vorhersage gestellt hatte; es braute sich blauschwarzes Gewölk zusammen, das die sinkende Sonne mit feurigen Strahlenbündeln durchlöcherte. Der Wind war in Kauerstellung gegangen wie eine sprungbereite Raubkatze. Die Möwen waren verschwunden. Sie schienen sich alle in ihren Nestern zu ducken. Die See lag schwarz-glänzend und glatt; nur dort, wo einzelne Schaumkronen zaghaft zipfelten, glitzerte das Wasser silbrig und rot im Widerschein des zerrissenen Himmels.

«Eine Sturmbö wird das», sagte Dirksen über das Flackerlicht des Sturmfeuerzeugs hinweg, mit dem er sich die Pfeife anzündete. «Scheißspiel für Sonntagssegler, wenn sie davon überrascht werden, draußen auf See!»

Wir standen vor dem Haus, als er das sagte – er, Schlünz und ich. Die Jungen waren weggegangen; Harry zum Strand, Jochen in die Kammer am Schuppen. Swantje räumte und klapperte in der Küche.

«Haben Sie schon erlebt, daß da welche gekentert sind?» fragte ich.

«Oft», sagte Dirksen.

«Und was können Sie dann machen?»

«Nicht viel», gab er zurück. «Ich kann mit meinem kleinen Boot nicht helfen, wenn es richtig stürmt. Ich ruf den Seenotdienst an – aber die können auch nicht immer so schnell da sein. Voriges Jahr... Nein, halt – vor zwei Jahren ist dort drüben an der Melloog-Balje ein Boot umgeschlagen in so einer Bö. Zwei Jungen aus dem Rheinland. Der eine hat sich festhalten können, bis der Seenotkreuzer da war – aber der andere...» Er zuckte die Achseln.

Dr. Schlünz neben mir atmete plötzlich so schwer, daß ich mich erschrocken zu ihm wandte. Sein Gesicht war grau-fleckig unter der verbrannten Haut. Eine Hand krallte vor seiner Brust den Stoff der Jacke, die andere hielt bebend das Wasserglas mit der seltenen Orchidee.

«He, Doktor!» rief ich. «Was ist denn? Ist Ihnen nicht gut?»

«Hallo!» sagte jetzt auch Dirksen. «Geben Sie her!» und nahm ihm das Glas aus der Hand, während ich nach Schlünz' Arm griff.

«Einen Schnaps, was?» Der Vogt lief ins Haus und kam sofort mit der Cognacflasche zurück, in der noch ein Schluck war.

«Die Sonne...» stammelte Schlünz mühevoll. «Zuviel Sonne!» Er schluckte gehorsam den Cognac aus der hingehaltenen Flasche und richtete sich, tief Luft holend, auf. Die verkrampfte Hand löste sich. Ein schiefes Lächeln entblößte die linke Hälfte seiner gelben Zahnreihen. «Danke!»

Und im gleichen Augenblick heulte der Wind auf, sprang uns an und schlug uns fauchend seine salznassen, regennassen, sandkorngesprenkelten Tatzen um die Ohren.

«Kommen Sie rein», schrie Dirksen. «Solange wir die Tür noch aufkriegen!»

Harry kam schräg über die Düne geweht. Der Sturm blies ihn direkt auf das Haus zu. Seine aufgeblähte Windjacke machte ihn zum Fettwanst. Er lachte und polterte mit dem Vogt und mit mir in das Sechs-Fenster-Zimmer. Schlünz hatte sich an der Wand entlang zu seiner Hütte treiben lassen. Die Tür knallte zu. Die Fensterscheiben klirrten. Das Haus zitterte. Dirksen lachte, als er mein ängstliches Gesicht sah.

«Haben Sie noch keinen Sturm erlebt?» fragte er.

«Doch – aber nicht so aus erster Hand. Nicht so frisch vom Faß!» blödelte ich.

«Schmeckt viel würziger, als bei euch in der Stadt», sagte er.

«Mag wohl sein...»

Wir standen jeder an einem der Südwestfenster und guckten uns das Schauspiel draußen an. Es war von diesem sicheren Logenplatz aus hinreißend. Vor allem die wechselnden Farben am Himmel und auf dem Wasser... Ich fand es aufregend schön. Wenn es nicht so peitschend geregnet hätte, wäre ich am liebsten hinausgelaufen und hätte mich durchpusten lassen.

Während wir dastanden und vom trockenen Logenplatz aus die himmlischen Wasser- und Farbenspiele betrachteten, fuhr Dirksen in seinem Bericht von dem Segelunglück von vor zwei Jahren fort, den er vorhin – bei Dr. Schlünz' Anfall – unterbrochen hatte.

«Es war eine Scheißgeschichte damals», sagte er und biß auf seine Stummelpfeife. «Ich hatte die Jungs nämlich weggejagt von der Insel, weil sie in den Randdünen Feuer gemacht hatten – noch dazu hundert Schritt von den drei Brandgansgelegen entfernt, die ich entdeckt hatte und die so selten sind hier bei uns... Ja. Es war gutes Wetter – das heißt, ein Gewitter war abgezogen; nur noch ein paar dicke Wolken über dem Festland, umlaufende Winde – keine Anzeichen von Sturm. Und ich hätt die auch nicht weggeschickt, wenn ich hätt ahnen können, daß da was im Anzug war. Aber der eine, der, der nachher am Leben geblieben ist – also, so was von rotzfrech, das glauben Sie nicht, Kiwitt! Ja... Sicher, mir ist die Galle übergelaufen – aber ich hätt sie nicht weggescheucht, wenn die Bö zu sehen gewesen wäre, bestimmt nicht. Es hat noch beinahe 'ne Verhandlung gegeben hinterher. Die Eltern des toten Jungen haben mich verklagt. Aber das Gericht hat die Klage abgewiesen. War eine ziemlich aufregende Sache. Hat mich 'ne Menge Nerven gekostet, so plötzlich wegen fahrlässiger Tötung angezeigt zu werden... Ja...»

Dirksen schwieg. Ich hatte ihn unauffällig aus den Augenwinkeln beobachtet und war abermals erstaunt, wie viele Gesichter er hatte – jetzt das biedere Gesicht eines mit Schuldkomplexen beladenen Mannes, wo sonst dröhnendes Gelächter oder blinzelnde Schalkhaftigkeit, oder kalter Zorn, oder flammende Wut, oder zärtliche Zuneigung sich zeigten... Ein Kerl mit der Unberechenbarkeit und den tausend Gesichtern der See.

Nach einer guten Viertelstunde war alles vorüber. Wir konnten die Bö noch weit über die See ziehen und das Wasser aufwühlen sehen, während hier bereits wieder die Wolken aufrissen und silberngrüner Abendhimmel mit rosa Streifen durchschimmerte. Der Regen hatte aufgehört. Einzelne Möwen segelten in flachen, weiten Schwüngen über den naßdunklen Dünensand. Der Leuchtturm begann seine blitzenden Kreise zu zeichnen.

«Acht Uhr», sagte Dirksen. «Tagesschau...» Er ging nach nebenan in sein Arbeitszimmer, um das Fernsehgerät einzuschalten. Jochen kam und fragte ihn durch die offene Tür, ob er sich eine der Schiffermützen ausleihen dürfe; er wolle noch ein Stück laufen, die Luft sei so schön, aber der Wind klatsche ihm die Haare ins Gesicht, so daß er nichts sehen könne.

«Aber ja!» sagte Dirksen. «Nehmen Sie meine weiße, die sitzt am festesten.»

Harry erklärte, er wolle nach seinem Tonband sehen, den Akku aufladen und versuchen, den Windschutz, den die Möwen kaputt gehackt hatten, zu reparieren. Dann ging er links an den Fenstern vorbei hinunter zum Schuppen, während Jochen gegen den Wind gebückt zum Strand stapfte.

Swantje lief hinaus, weil sie den Hund füttern wollte. Ich dachte schon, das wäre ein Vorwand, um sich mit dem wunderbaren Harry zu treffen; aber sie kam nach fünf Minuten, als Dirksen und ich vor dem Fernseher saßen und Nachrichten sahen, wieder herein.

«Dr. Schlünz ist eingeschlafen, ohne den Vorhang vor seinem Fenster zuzuziehen und das Licht auszumachen», berichtete sie.

«Ich seh nachher noch mal nach», sagte Dirksen.

Wir hockten nun zu dritt stumm vor der Flimmerscheibe. Der Empfang war ausgezeichnet hier auf der Insel, klar, es gab keine Hochhäuser oder Schornsteine ringsum, die die Ausbreitung der Wellen gestört hätten. Ich spürte jetzt, da ich in dem schäbigen, aber sehr bequemen Sessel saß, wie müde mich die See, die Sonne und der Wind gemacht hatten. Mein Gesicht brannte auch ohne Sonnenbrand. Meine Augen brannten auch. Überall – im Haar, auf der Haut, in den Ohren, Nasenlöchern und Augenwinkeln – hatte ich Sand. Immerzu rieselten mir einzelne Körner in den Hemdkragen. Ich würde Ballast abwerfen müssen, wenn ich aufstehen und laufen wollte.

Auf dem Bildschirm spielte sich die übliche Tagesschau-Zeremonie ab: Erst die sogenannte große Politik; dunkel gekleidete, ernste Herren, die dunklen Repräsentationsautos von ungeheurem Chromglanz und übernormaler Länge entstiegen und breite Treppen hinaufschritten, an deren Seite andere Herren in Operettenuniformen standen und mit fast feindlicher Gebärde den Ankömmlingen Säbel oder Gewehre entgegenreckten ... Dann kam die nationale Politik, die sich am heutigen Tag offenbar vor allem in rauchigen Restaurantsälen abgespielt hatte, wo auf Rednertribünen zornige Zeloten die Faust ballten, den Zeigefinger erhoben oder aufs Holz des Pultes klopften, hinter dessen fahnentuchgeschmückter Fassade sie standen und irgendwas forderten: Weniger Steuern, mehr Steuern, weniger Autos, mehr Autos, größere Freiheiten, größere Beschränkungen ... Sodann setzte der Sprecher sein betont neutrales Gesicht ab und eine angemessene Trauermiene auf, was sich auch in der Vibration seiner Stimme niederschlug; er teilte mit, daß bei einer Massenkarambolage im Nebel neben beträchtlichem Sachschaden auch dreizehn Tote zu beklagen seien, wozu Bilder von verbeultem Blech, blitzenden Polizeilampen, ratlos rundum stehenden Leuten und dreizehn bedeckten Bahren in die Wohnzimmer des Landes geschickt wurden. – Weiter, sachlich, sachlich kommentiert: Unruhe in Irland, Streik in Italien, Hochwasser in Hindustan; schließlich – nun lächelte der Sprecher sanft in die bundesrepublikanischen Stuben – Modenschau in München, und... Nein, sehen Sie nur diese verrückten Sommerhüte!... und am Ende die Wetterkarte, gesamtdeutsch, von keiner DDR-Grenze verunstaltet. Aber wir sollten nicht in den Genuß der Sache kommen.

Die Tür flog polternd auf. Im Türrahmen stand Jochen. Er keuchte; die rechte Hand hatte er gegen seinen linken Oberarm gepreßt, Blut sickerte zwischen seinen Fingern auf die graugrüne Parka, die er trug. Viel Blut.

«... mäßiger, an der Küste frischer, in Böen starker Wind aus südöst-»

Da hatte Dirksen den Abstellknopf gefunden und schnitt dem Wetterauguren das Wort ab.

«Ogottogottogott!» flüsterte Swantje.

«Möwen?» fragte ich erschrocken.

«Nein... nein...», stammelte Jochen heiser.

«Was denn?» rief Dirksen, der aufgesprungen war.

«Ein Schuß!»

7

«Zeigen Sie mal her! Ist es schlimm? Schmerzen?» sagte und fragte ich und löste Jochens blutige Hand von seinem Arm.

«Nein, kaum Schmerzen», sagte er. «Zunächst war es überhaupt nur wie ein Schlag – tat gar nicht weh. Jetzt brennt es, aber nicht doll.»

Dirksen und ich schälten und schoben vorsichtig den Parka-Ärmel vom Arm des Jungen; dann streiften wir ihm, nachdem er sich auf einen Hocker gesetzt hatte, Pullover und Hemd behutsam über den Kopf; die ganze linke Seite war blutig und roch nach Blut und Schweiß und Angst. Das Mädchen wusch die verkrustete und verschmierte Wunde mit Watte und warmem Wasser ab.

Die Wunde sah aus wie ein Schnitt, war etwa fünf Zentimeter lang, nicht tiefer als drei Millimeter an der tiefsten Stelle, und zog sich in Herzhöhe an der Außenseite des linken Oberarms schräg von vorn unten nach hinten oben.

«Schwein gehabt!» sagte der Vogt, während Swantje wieder mal Jod auf einen Gaze-Tupfer träufelte und mit ruhigen, sicheren Fingern den roten Riß abtupfte, wobei Jochen nur zischend die Luft durch die zusammengebissenen Zähne einzog.

«Ja», bekräftigte ich. «Verdammtes Glück, Jochen! Können Sie den Arm bewegen?»

Er versuchte es, erst ängstlich und dann kräftig. Es ging ohne Schwierigkeiten.

«Tut's dabei irgendwie heftiger weh?» fragte Dirksen.

«Nein, nicht mehr als sonst», sagte Jochen.

Swantje begann einen Verband anzulegen.

«Das ist in fünf Tagen verheilt», sagte der Vogt. «Bleibt eine kleine Narbe, mehr nicht. Keine Sehne, kein Muskel verletzt...» Er schwieg einen Augenblick, nahm nach Jochen eine Zigarette aus meiner herumgereichten Schachtel, gab uns Feuer mit seinem immer bereiten Feuerzeug und fuhr dann fort: «So, wie war das nun, Herr Kieselbach?»

«Kieselack», verbesserte Jochen.

«Verzeihung.»

«Bitte», sagte Jochen, sog tief den Rauch ein, sah Dirksen an, Swantje, mich und dann vor sich hin. «Es war irre», begann er. «Ich bin vor zum Strand gelaufen durch das Dünental, das hinter Dr. Schlünz' Hütte anfängt...»

«Schlief der Doktor?» unterbrach Dirksen.

Jochen blickte erstaunt auf und runzelte nachdenklich die Stirn. «Das Licht brannte...» sagte er. «Aber ich hab nicht durchs Fenster geguckt.»

«Gut», sagte der Vogt. «Weiter!»

«Es war niemand am Strand», fuhr Jochen fort. «Weit und breit nicht. Ich bin die zweihundert Schritt bis zum Wasser gelaufen und dann nach links ein Stück am Wasser entlang – nicht weit, fünf Minuten vielleicht. Und dann bin ich wieder links ab auf die Dünen zu, ungefähr dort, wo die angeschwemmte rote Tonne liegt... Ich mußte ziemlich gegen den Wind angehen; als ich die Randdüne raufgeklettert war, bin ich gebückt auf das Haus zu, vielleicht zwanzig, dreißig Schritt. Und da hat's geknallt. Nein, nicht geknallt... So *pitsch* hat's gemacht, und...»

«Aus welcher Richtung?» wollte der Vogt wissen.

«Keine Ahnung.» Jochen zuckte die Achseln und verzog das Gesicht, weil ihm die Wunde dabei weh tat.

«Haben Sie was gesehen?»

«Nichts! Ich bin auch gar nicht dazu gekommen, mich richtig umzusehen, Herr Dirksen – es hat sofort noch mal *pitsch* gemacht und gegen meinen Arm geschlagen... Ich hab mich instinktiv hinfallen lassen zwischen den Strandhafer. Ich glaub, erst als ich lag, hab ich kapiert, daß das Schüsse gewesen waren. Und dann hab ich gemerkt, daß mein Arm blutete...»

«Und nichts war zu hören oder zu sehen?» bohrte Dirksen weiter. «Es war doch hell. Es ist ja jetzt noch ganz hell, zum Teufel!» Und auf einmal drehte er durch. Sein Gesicht lief tomatenrot an, seine Nasenflügel über dem streifigen Bart bebten, auf Stirn und Schläfen schwollen dicke Adern. «Das ist doch alles völlig idiotisch!» schrie er. «Es ist ganz hell draußen; man kann kilometerweit sehen, es gibt kein Versteck auf der Insel – und ihr Trottel laßt euch beschießen und seht nichts und wißt nichts und...» Er schnappte nach Luft.

«Vater...» Swantje legte ihm behutsam die schmale braune Hand auf den Arm. «Bitte, Vater!» sagte sie leise.

Er zuckte zusammen, griff nach der Hand des Mädchens und hielt sie fest – oder hielt er sich daran fest? Mit der freien Hand wischte er sich über die Augen: «Entschuldigen Sie, Herr Kieselack, aber... Aber das ist... Ich bin... Entschuldigen Sie bitte. Und erzählen Sie weiter.»

«Ich... ich hab mich», fuhr Jochen verschreckt fort, «ich hab mich, nachdem mir klar war, was da vor sich ging, da hab ich mich auch nicht getraut aufzustehen oder mich aufzurichten und herumzugucken. Es hätte ja leicht noch mal *pitsch* machen können. Ich wollte keinen Kopfschuß riskieren, verstehen Sie?»

Ich nickte.

«Ich verstehe», sagte Dirksen mit schiefem Lächeln.

Swantje hatte den Verband fertig. Jochen bedankte sich schüchtern, zog Hemd und Pulli wieder an und bediente sich abermals aus meiner Zigarettenschachtel. Niemals zuvor hatte ich ihn so hektisch rauchen gesehen – der Schreck war ihm auf die Enthaltsamkeit geschlagen.

«Lassen Sie uns mal nachschauen, Kiwitt», forderte Dirksen mich auf. Er war wieder ganz ruhig.

«Ja», sagte ich – mit etwas gemischten Gefühlen, zugegeben. Wahrscheinlich würden wir sowieso nichts finden, zumal es nun noch dunkelte; aber vielleicht schlich der gespenstische Schütze ja doch noch durch die Dünen... Ich hatte keinen Appetit auf einen Nachruf: *Unter tragischen Umständen verlor unser Mitarbeiter Anselm Kiwitt in treuer Pflichterfüllung*...

Aber Jochen sah mich an, der ramponierte, doppelt lädierte – und Swantje sah mich auch an mit ihren großen graublauen Augen. Also wiederholte ich: «Ja!», zog den Reißverschluß meines Lederlumberjacks hoch und folgte dem Vogt ins Freie.

Er hatte sich aus dem Gewehrständer neben der Tür eine doppelläufige Flinte gegriffen, was mir die Situation nicht sympathischer machte. Ich hätte mir ja auch eine greifen können; da ich aber mühsam verdrängt habe, wie so was gehandhabt wird, verzichtete ich auf die Dekoration. Der Vogt und ich liefen, von den Scheinwerferbündeln des Leuchtturms gestreift, ums Haus. Im Schuppen herrschte tiefe Stille. In der Kammer schlief Harry, bis über die Ohren im Schlafsack, tief und fest und sorglos und hörte uns nicht. Auf dem wackligen Tisch vor seinem Strohsackbett stand das Nagra-Gerät; daneben lag der möwenschnabelhiebbeschädigte Mikrofonüberzug, den er provisorisch geflickt und geklebt hatte.

Wir verließen auf Fußspitzen die Kammer und gingen auf die sogenannte Jagdhütte zu. Das Licht in der Hütte brannte noch immer. Der offene Vorhang gab den Blick auf das Bett des Doktors frei. Auch der schlief tief und fest. Seine geröteten Backen und seine Lippen bewegten sich im Rhythmus seiner prustenden, regelmäßigen Atemzüge. Die Brille war ihm von der Nase gerutscht. Sein linker Arm hing über die Bettkante. Die Finger zuckten ein wenig. Die ausgestopfte Möwe auf dem ehemaligen Militärspind guckte uns mit ihrem verbliebenen einen Glasauge böse an.

Schweigend schlurfte Dirksen nach diesem Kontrollgang vor mir das Dünental entlang, das auch Jochen zum Strand gegangen war. Der Wind hatte nachgelassen. Im Brutgebiet der Silbermöwen quakten einzelne Vögel. Eine große Eule schwebte lautlos vor uns über den Weg. Weit draußen auf der See tutete ein Dampfer.

Wir gingen jetzt nebeneinander am Wasser entlang. Die Flut kam. Jede Welle zischelte ein paar Zentimeter höher auf den Sand. Von Osten her wurde es schnell dunkel. An der angeschwemmten Tonne, von der Jochen berichtet hatte, bog Dirksen links ab und lief mit weitausholenden Schritten auf die Dünenkette zu. Ich war nun wieder hinter ihm; so schnell konnte ich nicht gehen. Er erklomm die Randdüne und blieb oben wartend stehen. Als ich ihn erreicht hatte, sagte er:

«Hier muß es ungefähr gewesen sein!»

«Es ist zu dunkel, um irgendwelche Spuren zu finden», sagte ich.

«Ja», bestätigte er. «Aber ich spiele das nicht mehr lange mit!»

«Was wollen Sie machen?»

«Ich bestell für morgen die Kripo! Die sollen sich mal genau umsehen. Es ist ihr Job. Vielleicht kommen sie dahinter, verdammt noch mal!»

Wir standen nebeneinander. Plötzlich bewegte sich hinter mir irgendwas im Strandhafer. Ich fuhr zusammen.

«Da!» sagte ich flüsternd.

Der Vogt hob das Gewehr... und ließ es gleich wieder sinken. Es war der Hund, den Swantje wohl aus dem Zwinger gelassen hatte und der uns nachgelaufen war.

«Blöder Hund, Hasso!» sagte der Vogt erleichtert und tätschelte dem wedelnden Tier den Kopf. «Braver, blöder Hund!»

«Und was ist das da, Herr Dirksen?» sagte ich erschrocken und wies auf die hügelige Dünenlandschaft. «Dort – passen Sie auf, wenn der Scheinwerfer... Da! – Da ist doch jemand!»

«Unsinn», sagte Dirksen. «Da wandert irgendein Schatten – ein großes Strandhaferbüschel oder so was. Wenn da einer rumkriechen würde, Herr Kiwitt, dann wären die Möwen nicht so ruhig. Man kann mit absoluter Sicherheit an ihrem Verhalten ablesen – oder abhören –, ob sich im Brutgebiet ein Fremder aufhält; man kann sogar seinen Weg am Lärm der Vögel verfolgen.»

«Das glaub ich», sagte ich beruhigt und dachte an die aggressiven Vögel, an ihre wütenden Angriffe und an ihr wohlorganisiertes Wächtersystem, das uns am Nachmittag in Schrecken versetzt hatte. «Aber der Wurm ist drin in der Geschichte!»

«Ja», sagte Dirksen. «Deshalb müssen morgen die Kripoleute her.»

«Und wenn die auch nichts finden?» fragte ich, während wir uns schon auf den Heimweg machten.

«Dann kann es sich nur um Gespenster handeln», lachte Dirksen.

Sein Lachen machte mich fröhlich wie ein Beerdigungsunternehmer.

Jochen saß mit Swantje allein im Arbeitszimmer Dirksens, als wir nach unserer erfolglosen Suche wieder ins Haus traten. Sie saßen sehr friedlich beieinander und unterhielten sich. Jochen hatte rote Backen. Ich weiß nicht, von der Sonne, vom Schreck oder vor Glück.

«Haben Sie was gefunden?» fragte er.

«Nichts.» Dirksen schüttelte den Kopf.

«Was macht Ihr Arm?» fragte ich.
«Och – nicht so schlimm!»
«Können wir morgen drehen?»
«Ich denke schon.»

Der Vogt telefonierte. Er hatte wieder jenen Polizisten an der Strippe, den er duzte und Fokko nannte. Ich konnte kaum verstehen, was sie da redeten; Dirksen sprach Platt mit dem Mann, und das klang für mich wie ein chinesischer Provinzdialekt. Sogar das Gelächter, in das Dirksen aus irgendeinem Grund ausbrach, klang anders – mit dem Platt ist das eine eigenartige Sache. Heinrich Heine hat sich schon darüber amüsiert: «... sie schwatzen eine Sprache...» hatte er von den Norderneyer Friesen gesagt, «wovon kaum begreiflich ist, wie es ihnen möglich ist, sich selber zu verstehen...»

Na ja, Heinrich Heine... Die Weltanschauung Plattdeutsch – denn es ist ja eben mehr als eine Sprache oder gar nur ein Dialekt – ist heute noch lebendig, da von den Gebeinen des Dichters kaum noch ein Stäubchen existiert. Wahrscheinlich sprechen mehr Menschen Platt, als es – so bedauerlich das ist – Heine-Leser gibt; wobei natürlich Quantität auch hier nicht mit Qualität gleichgesetzt werden darf. Zumal es ja, wenn ich richtig informiert bin, auch mehr Analphabeten auf der Erde gibt als Buchkäufer.

Über diesen meinen abschweifenden Gedankengängen hatte der Vogt sein Telefongespräch mit Fokko, dem für Melloog zuständigen Polizisten, beendet und teilte uns mit, daß wir morgen also den dienstlichen Besuch der Ordnungshüter zu erwarten hätten. Swantje schaltete sofort hausfraulich und fragte, ob mit den Herren zum Mittagessen gerechnet werden müsse, wie viele es sein würden und was sie vorbereiten solle.

Jochen und ich wünschten gute Nacht, ehe die Vater-Tochter-Diskussion über das Thema in Gang kam. Jochen bedankte sich bei dem Mädchen für die diversen guten medizinischen Taten des Tages und war so kühn, ihr zu sagen, daß dies die schönsten Verbände seines Lebens seien, woraufhin Swantje rot wurde und Dirksen grinsend sagte:

«Fleitpiepen sünd holle Piepen, mien Jung!» – Was, frei übersetzt, soviel heißt wie: Mach keine Sprüche, alter Windbeutel!

Sie kamen zu dritt am nächsten Morgen, als wir alle am Frühstückstisch saßen. Der Vogt hatte das flache Motorboot schon über das Watt kommen sehen, ließ sich aber nicht aus der Ruhe bringen und trank gemütlich seinen Tee aus, ehe er sich aufmachte, ihnen über die Dünen entgegenzugehen.

Wir anderen, Dr. Schlünz und Harry – die beide die Nachricht von den Schüssen und der Verwundung Jochens mit Entsetzen aufgenommen hatten –, Jochen und ich saßen einsilbig am großen runden Tisch des Sechs-Fenster-Zimmers und warteten. Swantje rumorte in der Küche. Es roch nach gerösteten Zwiebeln.

Der Polizist Fokko Hallenga war ein langer, dünner Mann mit Pferdegesicht, Pferdezähnen und einem Lachen, das an Wiehern erinnerte. Aber er lachte nicht viel.

Der Kriminalkommissar hieß nicht friesisch, sondern gesamtdeutsch Lehmann, sah jedoch aus wie ein etwas zu kurz geratener echter Friese: Auf kleinen, krummen Beinen saß ein breitschultriger, muskulöser Oberkörper, den ohne richtigen Halsübergang ein kantiger Kopf krönte, der mit so dichten und so weißblonden Haaren bedeckt war, daß man nicht wußte, ob der Mann schon früh ergraut oder noch immer babyblond war. Kommissar Lehmann verfügte über eine Fistelstimme, von der er zwar nicht viel Gebrauch machte, die aber im Ohr blieb wie eine Küchenliedmelodie, zumal der Tonfall auch so was Leierig-Singsanghaftes hatte.

Der dritte Mann trug einen Zungenbrechernamen, der so ähnlich wie Czerwinkowialsky klang; er war auch in seinem Äußeren benachteiligt, weil er – im Gegensatz zu seinem Vorgesetzten Lehmann – zuviel Hals und kaum Haarwuchs hatte. Er litt dreifach: Unter dem Namen, den niemand auszusprechen vermochte, unter seinem Aussehen, das an einen Geier erinnerte, und unter der Tatsache, daß er nur ein Unterkommissar oder so was, jedenfalls einer war, der die Aktentasche tragen und ‹Jawoll!› sagen mußte.

Dirksen brachte das Trio ins Haus. Wir standen auf, tauschten gemurmelte Grüße und Händedrücke, versuchten uns die Namen einzuprägen und setzten uns dann wie zu einer Konferenz der Bezirksleiter einer Margarinefirma um den Tisch. Dirksen und Harry hatten drei weitere Stühle aus dem Arbeitszimmer geholt.

Swantje brachte Tee für die Ankömmlinge. Ich hatte Appetit auf einen Cognac, hielt es aber für taktisch falsch, mein Image gleich zu Beginn mit Alkohol zu untergraben.

Alle rauchten – außer Swantje, die auf Geheiß des Kriminalkommissars in der Runde Platz nehmen mußte, und dem stillen Dr. Schlünz. Der Vogt, der uniformierte Fokko Hallenga und Harry rauchten Pfeife, Jochen, ich und der langhalsige Herr Czer... – was weiß ich – rauchten Zigaretten und Kommissar Lehmann Zigarre.

Swantje brachte nach fünf Minuten den Kanarienvogel ins Nebenzimmer, um ihn vor einer Tabaksqualmvergiftung zu bewahren.

Kommissar Lehmann schien ein rational-mathematisch veranlagter Kriminalbeamter zu sein. Er verließ sich beim Versuch, den Fall zu klären, nicht auf Intuition oder irgendwelche kriminalpolizeilichen Musenküsse, von denen die großen Detektive der einschlägigen Literatur abhängig zu sein pflegen; er versank nicht vor dem Kaminfeuer in tiefe Trance, um dann plötzlich die Augen zu öffnen und seine atemanhaltende, verzückte Umgebung mit der Frage nach dem Verbleib des rotbraunen Brillenfutterals des Erfinders der unzerbrechlichen Langspielplatte zu verblüffen, aus der Antwort die Tat zu rekonstruieren und die Beschreibung sowie den jetzigen Aufenthalt des Täters herzuleiten und schlüssig zu beweisen... Nein, das war Kommissar Lehmanns Art nicht.

Lehmann ließ sich von seinem kahlen Unterkommissar Papier und verschiedenfarbige Filzstifte reichen und begann, auf Bogen römisch I den Vorgang römisch I zeichnerisch darzustellen. Er befragte Dr. Schlünz – lila Filzstift – wann er wie und wohin und warum gegangen, wo er wann und wie beschossen worden sei und übertrug das, was der Doktor leise aussagte, in erstaunlich gerade Linien, mit Entfernungsziffern in Schwarz und Zeitziffern in Grün, auf das Papier.

Dann wurde Dirksens Aufenthalt zur Tatzeit und sein Gang nach der Tat in Hellblau eingezeichnet. Swantjes Diagramm erhielt rosafarbene Linien, Jochens dunkelblaue, Harrys gelbe und meines braune. An alle Linien, die sich schließlich kreuzten oder parallel liefen, kamen die Zeit- und Entfernungsangaben in Grün und Schwarz; als das Ganze fertig war, sah es sehr hübsch aus – etwa wie ein Schnittmusterbogen.

Die ungefähre Position des immer noch unbekannten Schützen – so, wie sie sich aus Dr. Schlünz' Schilderung ergab – markierte der zeichnende Kommissar mit rotem Stift.

Ich fand das Malspiel amüsant, konnte mir jedoch nicht recht vorstellen, wie Lehmann mit Hilfe von noch so hübschen bunten Filzstiftstrichen zu einer Lösung kommen wollte.

Nach Vollendung der Zeichnung römisch I machte der Kommissar eine kurze, eindrucksvolle Pause, während der wir, wenn schon nicht atemanhaltend, so doch schweigend im Kreise saßen und warteten, was nun kommen werde.

Es kam nichts außer einem gewichtigen Räuspern und einer neuen Zigarre.

Ich fing einen Blick auf, den Fokko, der Nachbarinsel-Polizist mit dem Pferdegesicht, seinem Freund Dirksen zuwarf. Es war ein Zwinkerblick, ein Obrigkeits-Anzweifel-Blick; ich hätte mich diesem Blick gern angeschlossen; aber das stand mir, dem Fremden, nicht zu. Als Ostfriese solidarisiert man sich nicht ohne weiteres mit Leuten, die von jenseits des Ems-Jade-Kanals kommen. (Der Friesenstolz geht so weit, daß die Großmutter eines hübschen Ostfriesenmädchens zu dem jungen Mann aus Mitteldeutschland, der ihre Enkelin zu ehelichen wagte, am Hochzeitstag ärgerlich äußerte: «Das hätt ich nicht und nie geglaubt, daß meine Enkeltochter mal einen Ausländer nimmt...» – und als der junge Mann erstaunt einwandte, er sei doch auch Deutscher, fortfuhr: «Ja... Deutscher! Aber *wir* sind Ostfriesen!»)

Ich versuchte es also nicht, mich in die Zwinker-Solidarität zwischen Fokko Hallenga und Dirk Dirksen hineinzudrängen, sondern wandte meine Aufmerksamkeit wieder den kriminalistischen Bemühungen des weißblonden Herrn Lehmann zu. Der hatte einen zweiten Bogen mit römisch II beziffert und wiederholte nun seine Rundum-Befragung mit anschließender Filzstiftkomposition. Er malte nach den Vorfällen, Positionen und Gängen beim gestrigen Anschlag auf Jochen ein zweites Diagramm. Als auch dieses Kunstwerk vollendet war, mußten wir alle – und zwar jeder für sich allein – auf unsere Zimmer: Schlünz in die Hütte, Dirksen in sein Arbeitszimmer, Swantje in ihr Schlafzimmer, Jochen in den Schuppen, Harry in die Küche und ich in meine Dachstube.

Lehmann ließ uns von dem Czer... – und so weiter – einzeln holen, während Fokko, der Polizist, scharf aufpassen mußte, daß keiner mit dem anderen sprach, Zettel austauschte oder sonstwie Kontakt aufnahm. Es war sehr spannend, und das sollte es auch wohl sein. Lehmann hatte gewiß mal was über Psychologie gelesen und realisierte nun, was er sich darunter vorstellte.

Er richtete an jeden einzelnen die gleichen sechs Fragen, wie wir hinterher feststellten, als wir wieder miteinander sprechen durften.

1. *Seit wann kennen Sie Herrn Dr. Schlünz und Herrn Kieselack?* (Bei dem Doktor und Jochen fragte er natürlich nur nach dem jeweils anderen, klar.)
2. *Hatten Sie kürzlich oder vor längerer Zeit Streit mit einem der beiden?*
3. *Wissen Sie, ob einer der anderen Anwesenden mit Herrn Dr. Schlünz oder Herrn Kieselack irgendeine Auseinandersetzung hatte? Und wenn ja, worum ging es dabei?*
4. *Können Sie schießen?*
5. *Trauen Sie einem der sechs zur Tatzeit auf der Insel Anwesenden einen solchen Mordanschlag zu?*
6. *Haben Sie sonst eine Erklärung für die Vorfälle?*

Das war bei näherem Hinsehen gar nicht so dumm, wie es zunächst schien; Lehmann suchte ganz einfach nach einem Motiv – denn es mußte ja ein Motiv für die gezielten Schüsse geben – und hoffte, über ein mögliches Motiv zur Lösung zu kommen...

Aber es fand sich kein Motiv für die Schüsse auf Dr. Schlünz. Keiner von uns hatte ihn vor der Fahrt zur Insel gekannt. Der Vogt hatte mit ihm telefoniert und korrespondiert, aber gekannt hatte er ihn auch nicht. Keiner hatte Streit mit dem kleinen Gelehrten.

Und was den Anschlag auf Jochen anbetraf, so kam höchstens Harry in Frage – obwohl die kleine Eifersüchtelei des Mädchens Swantje wegen sicherlich kein Grund war, Jochen umzubringen; um so weniger, da Harry ja den Nebenbuhler bereits ausgestochen hatte. Außerdem war bewiesen, daß Harry zur Tatzeit schlief. Und schließlich: Woher sollte der Junge eine Waffe gehabt haben? Die Gewehre des Inselvogts standen alle im Ständer neben der Tür, als auf Jochen geschossen worden war. Also fiel Harry aus.

Kommissar Lehmann starrte auf seine beiden Diagramme und

rauchte bereits die fünfte schwarze Zigarre.

Über diesen Untersuchungen und Vernehmungen war es halb zwölf geworden. Das Wetter begann sich zu besinnen. Südostwind war aufgekommen und riß die griesgrämigen Wolken auf; die eben noch einheitlich graue Wolkensoße lief wie Milch, in die Zitrone geträufelt wird, zu klumpigen Gebilden zusammen, zwischen denen blaue Flecke, Streifen und Löcher zu sehen waren und zusehends größer wurden. Erste Sonnenflecken glitten über Wasser und Insel. Die Flügel der schwebenden Möwen glitzerten wieder.

Ich fragte den Kommissar, ob wir am Nachmittag weiterdrehen könnten, denn wir wollten versuchen, mit Teleobjektiv vom Leuchtturm aus ein paar Einstellungen zu kriegen.

«Was denn?» fragte er erstaunt zurück. «Wollen Sie denn unter diesen Umständen Ihren Film zu Ende machen?»

«Ja, sicher», sagte ich, mindestens ebenso erstaunt. «Und warum nicht, Herr Kommissar?»

«Na ja...» Er wiegte den kantigen Kopf. «Ich meine ja nur... Da ist Ihr Kameramann angeschossen worden; es ist nicht geklärt, wer das gewesen ist... Also, ich hätte nicht die Nerven, ruhig weiterzuarbeiten, als ob nichts gewesen wäre.»

«Ach, Nerven – Herr Kommissar, die werden in unserer Branche wie Taue.»

«Wieso? Haben Sie denn öfter solche Vorfälle?» Er war jetzt ganz wach, riß seine wasserblauen Augen weit auf und sah mich durchdringend an.

«Gewiß doch», flachste ich. «Schüsse aller Art... Vor allem Querschüsse. Gelegentlich Abschüsse. Ab und zu auch mal Selbstschüsse... Die reinste Schützengilde ist so 'ne Fernsehanstalt mit ihren verschiedenen Redaktionen, Abteilungen, Hauptabteilungen. Gerade vorige Woche haben die Konservativen im Haus einen jungen Kollegen angeschossen, weil er in einem Film über kirchliche Gebräuche ein bißchen Kritik am System zu üben gewagt hat... So ist das häufig; es stählt die Nerven, und Schüsse aus dem Dunkeln gehen uns kaum noch unter die Haut. Verstehen Sie?»

«Ich verstehe schon», sagte er, widersprach aber sofort: «Schließlich handelt es sich hier ja um eine andere Art von Schüssen, nicht wahr?»

«Okay», gab ich zu. «Aber was glauben Sie, was mein Auftraggeber mir erzählt, wenn ich nach zwei oder drei Drehtagen unverrichteterdinge wiederkomme, nur so 'n halben Film im Kasten habe und sage: ‹Tut mir leid, Chef, wir mußten abbrechen, weil da ein Geisterschütze rumgeballert hat?›»

«Weiß nicht», brummte Lehmann.

«Ich auch nicht», sagte ich. «Aber ich kann's mir lebhaft denken... Im übrigen, am hellen Tag wird's der Bursche ja wohl kaum probieren. Das ist es ja gerade – deshalb ist er nicht zu erwischen. Falls Sie es nicht heute noch schaffen...»

«Da seh ich ziemlich schwarz», sagte er leise.

«Ich auch», stimmte ich zu.

Woraufhin er gleich wieder aufbrauste: «Das lassen Sie bitte gefälligst meine Sorge sein, Herr Kiwitt!»

«Aber von ganzem Herzen gern, Herr Kommissar!» sagte ich. «Können wir also weiterdrehen?»

«Auf Ihre eigene Verantwortung!»

«Danke schön!» sagte ich. «Und Weidmannsheil!»

Das brachte mir abermals einen bösen Blick ein, der mich jedoch nicht allzusehr erschütterte. Böse Beamtenblicke können nur den aus der Fassung bringen, der an die Gottähnlichkeit von Gasablesern glaubt, dem ein Referendartitel Respekt einflößt, den Studienräte in ehrfurchtsvollstummes Staunen versetzen, wenn sie zum Beispiel verkünden, daß man nicht für die Schule, sondern für das Leben lernt.

Der Kriminalkommissar befahl nun eine Ortsbesichtigung und schritt mit seinen Mannen, von Dirksen geführt, von dannen.

Wir blieben zu viert im Sechs-Fenster-Zimmer und schauten der Gruppe nach. Mir war inzwischen meine Image-Pflege gleichgültig, und ich machte die nächste – die dritte oder vierte? – Cognacflasche auf.

Auch Dr. Schlünz trank einen mit, und sogar Swantje, die den Mittagstisch deckte und der dabei Harry und Jochen wetteifernd halfen, sogar Swantje nippte an einem winzigen Schluck, den ich ihr eingeschenkt hatte.

Es herrschte eine eigenartige Stimmung bei uns: So fremd uns zum Beispiel der kleine, einsilbige Doktor war, so spinnefeind sich Jochen und Harry waren – nun, nach der mehrstündigen Kripoaktivität, hatte sich plötzlich ein Einigungsprozeß unter uns vollzogen, wie etwa bei einer Pavianherde, die, wenn auch noch so verzankt untereinander und eifersüchtig und futterneidisch, dem anschleichenden Panther wie *ein* Mann... na ja – wie *ein* Affe entgegentritt, ihn beschimpft, verhöhnt, bekämpft und in die Flucht schlägt... Alle Vergleiche hinken, Pardon; weder war Lehmann im entferntesten einem Panther ähnlich noch glichen wir zurückgebliebenen Solidarischen unbedingt in allen Punkten Pavianen.

Bemerkenswert war mir vor allem, wie intensiv freundlich sich Dr. Schlünz um Jochen bemühte. Ich konnte mir gar nicht erklären, wieso der kleine, bisher so verschlossene Mann plötzlich sein Herz für den langhaarigen Jungen entdeckt hatte, mit ihm sprach, ihn fragte und ihn freundlich anlächelte. Deshalb fragte ich ihn:

«Haben Sie selbst Kinder, Herr Schlünz?»

Er sah mich vier Sekunden lang mit einem seltsam abwesenden Blick an und sagte dann: «Nein... Ich hatte einen Jungen, der wäre jetzt ungefähr so alt wie Jo... wie Herr Kieselack...»

«Sie können ruhig Jochen sagen», sagte Jochen.

«Danke!» erwiderte der Doktor lächelnd. «Also wie Jochen. Mein Junge ist vor knapp zwei Jahren ums Leben gekommen.» Er hatte das letzte leise und sehr langsam gesagt.

«Das... Es tut mir sehr leid...», stotterte ich verlegen und ärgerte mich über mich, weil mir nichts Besseres einfiel als die banale Floskel.

Zum Glück kam Swantje aus der Küche. «Hat mein Vater oder der Kommissar gesagt, wann sie zurückkommen?» fragte sie.

Wir schüttelten alle vier fast im gleichen Takt den Kopf.

«Dann muß ich das Essen erst mal vom Herd nehmen», sagte sie. «Das brennt mir sonst an.»

Der kleine Hausfrauenunmut stand ihr gut. Das sonst glatte, hübsche und großflächig klare Gesicht wurde durch die gerunzelte Stirn und die zusammengezogenen Augenbrauen plötzlich lebendig und viel interessanter. Ich beobachtete, daß Jochen dies auch bemerkte und das Mädchen fasziniert ansah.

«Was gibt's denn Gutes?» fragte Harry.

«Erbsensuppe mit Speck und Bockwürsten.»

«Nehmen Sie es bloß schnell vom Feuer!» meinte Dr. Schlünz. «Erbsensuppe schmeckt angebrannt fürchterlich.»

Ich sah über die Dünen die Männer von ihrer Ortsbesichtigung wiederkommen. Vornweg der kosakenbeinige Ostfriese Lehmann, dessen weißblondes Haar in der Sonne leuchtete. Neben ihm, einen Kopf größer, Dirksen mit der grauweißen Schiffermütze; dahinter, allein, Fokko mit dem Pferdegesicht und zum Schluß der Unaussprechliche, der tatsächlich die Aktentasche trug.

Der Wind fuhr allen vieren ohne Rücksicht auf Rang und Namen gleichermaßen in die Kleider, die Sonne beschien sie alle, ohne irgendwelche Unterschiede zu machen.

«Da kommen sie», sagte ich.

«Fein!» sagte Swantje. «Dann stell ich gleich die Schüssel auf den Tisch.»

«Ob sie wohl irgendwas entdeckt haben?» grübelte Jochen.

«Hoffentlich!» sagte der Doktor.

«Sonst krempeln sie möglicherweise noch unsere Zimmer und Koffer um», vermutete ich.

«Glauben Sie, Chef?» fragte Jochen.

«Dann will ich lieber gleich meinen Shit verstecken, verflixt!» sagte Harry.

«Was ist Shit?» wollte der Doktor wissen.

«Haschisch», erklärte Jochen.

«Um Gottes willen!» rief der Doktor entsetzt. «Haben Sie etwa so was bei sich, Herr Jungnickel? Machen Sie sich doch nicht unglücklich, junger Freund! Lassen Sie die Finger von solchem Teufelszeug!»

Harry lachte.

«Er gibt bloß an, Herr Doktor», sagte Jochen. «Und wenn die Bullen bei ihm suchen, finden sie eher Pornoheftchen oder so was – wie bei den meisten Halbstarken, die es nötig haben.»

«Blödmann!» gab Harry zurück. «Du mußt reden! Als ob ich Wichsvorlagen brauchte wie du! Ich ziehe gewachsenes Frischgemüse vor!»

«Haltet bitte die werte Luft an, meine Herren Kollegen!» schaltete ich mich ein. «Ihr braucht dem Kommissar eure Hahnenkämpfe nicht vorzuführen.«

Swantje brachte aus der Küche eine große Schüssel auf den Tisch. Die vier Männer polterten in die Stube.

«Ich bin gleich wieder da», sagte Dr. Schlünz und drückte sich an ihnen vorbei.

«Mahlzeit!» rief der Vogt.

«Essen steht auf dem Tisch!» rief Swantje aus der Küche zurück.

«Eben Hände waschen», sagte der Kommissar.

«Zweite Tür links», sagte der Vogt.

«Was gefunden?» fragte ich.

«Eine Patronenhülse», berichtete Czer... eifrig.

«Ach!» sagte ich. «Und...?»

«Von einer 7,9-Patrone», erklärte der Vogt.

«Haben Sie auch so eine Waffe?» fragte ich.

«Nein», erwiderte er. «Ich habe nur Flinten. Schrotflinten, ja?»

Fokko saß schon mit hungrigen Augen vor der dicken Terrine. Fünf Minuten später saßen wir alle. Eine halbe Stunde später war die Terrine bis auf einen Anstandsrest leer, dessen sich nach einigem Zureden der Unterkommissar erbarmte.

Eine weitere Viertelstunde darauf stapften wir drei mit unserem Kram beladen in Richtung Leuchtturm durch den Sand, wohlweislich einen Bogen um das Brutgebiet der Silbermöwen schlagend. Der Abschied von Lehmann und seiner Crew war kurz und schmerzlos gewesen. Dem Kommissar war es sehr schwergefallen, zugeben zu müssen, daß er unverrichteterdinge abzog.

Schön, die Patronenhülse war besser als gar nichts. Aber Dirksens Einwand, sie könne möglicherweise auch noch von einem Manöver stammen, das im vergangenen Herbst hier an der Küste stattgefunden hatte und in dessen Verlauf auch ein Trupp Soldaten die Insel Melloog ‹erobert› und Sieger gespielt hatte – der Einwand war nicht von der Hand zu weisen, zumal es sich bei der gefundenen Hülse um Munition handelte, die in Militärkarabinern verwendet wird. Vielleicht hatte das Ding tief im Sand gelegen, luftdicht abgeschlossen, und war durch einen, der da entlanglief, zufällig kürzlich erst ans Tageslicht befördert worden. Das würde erklären, daß keinerlei Oxydationsspuren zu erkennen waren...

Aber wenn die Hülse tatsächlich aus der Waffe des geheimnisvollen Schützen stammte, der des Doktors Hut durchlöchert und Jochens Arm verletzt hatte: Wo war dann die Waffe? Wo war der Schütze selbst? Und worin lag der Grund für sein unerklärliches Verhalten?

Mir hing das alles ziemlich zum Hals raus. Ich hatte zu nichts Lust mehr. Keine Lust, auf der Insel zu bleiben; keine Lust, den Film fertig zu machen. Vorübergehend war ich schon in Versuchung gewesen, die Aufnahmen abzubrechen und im Boot der Ordnungshüter mitzufahren. Aber erstens war das Boot zu klein für uns drei und für unsere ganzen Klamotten, und zweitens besaß ich noch einen Restposten Ehrgeiz und preußisches Pflichtgefühl, rudimentäres Erbe vielleicht von einem Urgroßvater, der laut Familienchronik 1870 bei Sedan als Reserveleutnant einem Prinzen aus irgendeinem Duodez-Fürstenhaus das Leben gerettet haben soll, indem er sein eigenes riskierte, wobei er einen Arm verlor und einen Orden gewann...

Ich hätte – aber das hilft hinterher zu wissen auch nichts – höchstwahrscheinlich ein Leben gerettet, wenn ich weniger pflichteifrig gewesen wäre.

8

Zunächst also stapften wir am Rande des Brutgebiets, von schreienden Möwen argwöhnisch begleitet, schweigsam und mürrisch zum Leuchtturm. Allmählich besserte sich unsere Laune mit dem immer mehr aufreißenden Himmel, und als wir schließlich auf der schmalen Plattform des Turms standen, vor den großen Lampen, dreißig Meter hoch über der Insel, hätten wir beinahe gejuchzt, so aufregend schön war das da oben. Wir konnten sehr weit sehen, weit über den Rand der kleinen weiß-rotbraun-grünen Insel hinweg bis hinüber zur nördlichen Nachbarinsel und über das ganze Watt bis zum zehn Kilometer entfernten Festland.

Wir konnten das kleine Motorboot mit den drei Polizisten sehen, das gerade am Westrand ablegte und mit einer weißen Schaumspur hinter dem Heck in schneller Fahrt davonglitt.

«Komischer Kommissar», sagte Harry.

«Warum haben die eigentlich keinen Hund mitgebracht?» überlegte Jochen. «So 'n Spurensuchhund, oder wie die heißen. Der hätte doch was finden müssen.»

«Spürhund», korrigierte ich. «Ich weiß nicht, ob die hier funktionieren.»

«Warum nicht?» fragte Jochen.

«Bei soviel Wind und noch dazu Regenschauern – da verwischt in dem Sand jede Spur. Und bevor so ein Hund nicht einen Geruchs-Köder hat, also irgendeinen Lappen oder 'n Schuh oder irgendwas von dem, den er suchen soll, weiß er sowieso nicht, was er aufspüren muß.»

«Und Gespenster haben höchstwahrscheinlich keinen Geruch», flachste Harry.

«Gespenster!» sagte Jochen. «Hör doch bloß auf! Der Streifschuß an meinem Arm ist außerordentlich real, verdammt noch mal!»

Wir gaben es auf, richteten die Kamera ein und versuchten, ein Möwenelternpaar beim Futterholen und Füttern zu verfolgen. Das war schwierig, weil die Biester scheinbar alle gleich aussehen. Aber dann hatten wir schließlich doch eines. Das Männchen war ein besonders großes Exemplar. Wir filmten das Familienleben mit Erfolg. Unglaublich, was die Eltern zu tun hatten, um ihre beiden doppeltfaustgroßen Bälger satt zu kriegen; immerzu war Vater oder Mutter Möwe unterwegs zum Strand, sammelte, schluckte, flog zurück, würgte das Verschluckte vor den Jungen ins Gras, stand wachsam dabei und paßte auf, daß die Nachbarn nicht naschten, wartete, bis der Partner mit der nächsten Ladung kam und zu würgen anfing und flog wieder los, um Nachschub zu holen.

«Kein Wunder, daß die Biester so schnell groß werden», meinte Jochen hinter der Kamera. «Eigentlich rührend, was? Soll mir bloß noch mal einer kommen und sagen, daß die Kleinfamilie ein Unsinn ist...»

«Ökonomischer und rationeller wäre es schon, wenn sie Kommunen gründeten», meinte Harry.

Ich sah bereits eine der endlosen Diskussionen voraus und bog deshalb fix das Thema ab. «Versuchen Sie mal, einen oder zwei der Wächter ins Bild zu kriegen, Jochen!» sagte ich.

Jochen schwenkte, ohne den Film mitlaufen zu lassen, langsam mit der Kamera die Dünen entlang, die das Brutgebiet nach Nordwesten begrenzen. «Die sind schwer zu entdecken», sagte er nach einigem Suchen, «weil sie ziemlich ruhig sitzen. Und sie geben auch nichts her, Chef, solange nichts los ist. Wächter, die schlafen, können wir nicht gut als Wächter verkaufen.»

«Da müssen wir eben was los machen», sagte ich. «Vielleicht gehen Sie mal ein Stück ins Brutgebiet, Harry, und lösen Alarm aus.»

«Holst dir gleich ein paar schöne Schnabelhiebe», stichelte Jochen, «die dir Swantje dann verbinden kann!»

«Mach ich», sagte Harry. «Aber nicht am Kopp, und... Hallo! Wir kriegen Besuch. Ich glaube, ich brauche mich nicht für das deutsche Fernsehen zu opfern...»

Und wirklich, wie auf Stichwort war im Südosten der Vogelkolonie Dr. Schlünz aufgetaucht und setzte jetzt die Möwen-Wachorganisation in Betrieb. Die Wächtervögel machten lange Hälse und riefen mit offenen Schnäbeln ihr *Ga-ga-ga-ga,* was ich nicht hören, aber durch mein Fernglas sehen konnte. Die jungen Möwen flüchteten in Deckung. Die fütternden Elternpaare stellten den Nahrungsnachschub ein und formierten sich zum Angriff auf den Doktor.

«Drehen, Jochen!» rief ich. «Los, drehen!»

«Läuft schon», gab er seelenruhig zurück und folgte mit der Kamera dem kleinen Botaniker, der bei den ersten Sturzflügen der Möwen schleunigst kehrtmachte und, sein Bündel schwenkend, aus der Gefahrenzone lief.

Als die Vögel von ihm abließen, blieb er stehen und setzte sich dann, offenbar erschrocken und erschöpft, am Fuß eines warftähnlichen kleinen Hügels nieder, der mit Sanddornbüschen bewachsen war.

«Prima!» Jochen strahlte. «Wie bestellt!» Er schaltete die Kamera aus, nachdem er noch einen langsamen Schwenk über das sich allmählich beruhigende Möwenvolk gefahren hatte.

Der kleine Doktor war auf einmal nicht mehr zu sehen. Er hatte sich wohl auf die abgelegene Seite des Hügels begeben, nicht ahnend, daß er gerade eine stücktragende Rolle gespielt hatte. Wahrscheinlich hockte er irgendwo im Strandhafer und zählte Staubgefäße.

Wir packten ein und schleppten unsere Sachen die eiserne Leuchtturm-Wendeltreppe hinunter, was viel schwieriger war, als sie hinaufzuschleppen; wir mußten in dem dämmrig-dunklen engen Turm rückwärts treppab steigen und wurden ganz rammdösig von der Wendelei.

Nachdem glücklich alles unten war, verteilten wir gerecht die Last und traten den Heimweg zum Haus des Inselvogts an.

Jochen schlug vor, die Vogelkolonie diesmal südlich zu umgehen; sicher sei das weniger strapaziös als die Stapferei durch den tiefen Sand der Randdünen, und vielleicht könnten wir noch dies und das entdecken, was aufzunehmen sich lohne.

Ich willigte ein. Es ergab sich zwar, daß der Weg nicht viel weniger mühsam war, weil wir sumpfige Wiesen und Sanddorngestrüpp umgehen mußten, aber Jochen behielt, was die Motive anging, recht; wir sahen mehrere Brandenten, die offenbar im dichten Sanddorn nisteten, und beschlossen, als Ergänzung und für Zwischenschnitte zu unseren Möwenaufnahmen morgen bei gutem Wetter noch ein paar Meter Film mit den hübschen, deutsch-national eingefärbten Tieren zu belichten.

Ich hatte eigentlich erwartet, den Doktor zu treffen, aber ich konnte den Hügel nicht wiederfinden, hinter dem er vorhin verschwunden war.

Als wir noch etwa einen Kilometer vom Haus entfernt waren, kam uns Swantje entgegen. Sie trug einen kleinen Eimer und wollte auf die Wiesen am Ostheller, um die drei Schafe zu melken, die dort weideten.

Harry traf sofort Anstalten, seinen Teil der Ausrüstung ins Gras zu packen und mitzugehen, um zu helfen; als er jedoch meine Frage, ob er denn überhaupt melken könne, verneinen mußte, meinte ich, daß es wohl keine große Hilfe für Swantje sein würde. Es sei dann schon besser, er trage die Sachen mit ins Haus und bleibe bei uns, da wir vor dem Abendbrot Bilanz machen und zusammenstellen wollten, was wir denn nun schon hätten und was wir noch drehen müßten. Und da er für den Ton zuständig sei, ginge das nicht gut ohne ihn.

Es war eine längere Tirade, die ich da vom Stapel ließ; ich fürchtete schon, er würde aufmüpfig werden. Jochen stand stumm dabei, die schwere Kamera auf der rechten Schulter, und sah abwechselnd mich, das Mädchen und den Kollegen an. Swantje sagte auch nichts. Ihr hübsches Gesicht blieb völlig unbewegt. Wenn sie nur einen Mundwinkel verzogen oder spöttisch gelächelt hätte, wäre meine Rede an Harry vorbeigeweht wie der laue Südostwind. Ich schaute sie an. Er schaute sie auch an und wartete auf irgendein Zeichen.

Aber es kam keines.

Jochens Kieferknochen mahlten.

«Also bis nachher, beim Abendbrot!» sagte Swantje. «Es gibt wahrscheinlich Butt, wenn wir noch welchen kriegen.»

«Butt?» fragte ich.

«Schollen!» sagte sie.

«Wollen Sie die noch fangen?» fragte Jochen.

«Nein.» Swantje lachte. «Aber drüben am Großen Sand fischen drei Boote aus Greetsiel. Vater hat sie heute morgen rausfahren sehen. Sie kommen meistens, wenn sie zurückfahren, dicht bei uns hier vorbei, wenn die Tide so günstig ist wie heute. Dann gehen wir rüber bis zum Priel und holen uns einen Eimer Schollen oder Seezungen.»

«Und woher wissen die Fischer, ob Sie Fische haben wollen?» fragte Jochen.

«Ganz einfach, Vater zieht das F auf!» erklärte Swantje.

«Aha...» sagte ich verdutzt und verständnislos; denn ich konnte mir nicht für fünf Pfennig was unter einem aufgezogenen F vorstellen.

Swantje lächelte: «Dort!» sagte sie, hob den braungebrannten Arm und wies mit dem ausgestreckten Zeigefinger zum Haus.

Wir drehten uns um. Am Fahnenmast, unter der immer flatternden, verblichenen und ausgefransten niedersächsischen Fahne mit dem springenden Pferd, wehte ein dreieckiger roter Wimpel mit einem weißen Punkt in der Mitte.

«Der Wimpel heißt F?» fragte ich.

«Ja», sagte Swantje. «Und wenn wir das F aufziehen, wissen die Fischer, daß wir Schollen haben wollen, oder Seezungen – je nach dem. Jedenfalls Fisch.»

«Großartig!» staunte ich.

«Und wenn ihr Kartoffeln braucht, zieht ihr das K hoch?» fragte Harry grinsend.

«Kartoffelfischer sind in dieser Gegend ziemlich selten», sagte Jochen trocken.

Swantje lachte.

Harry runzelte die Stirn.

«Vorwärts, Soldaten Christi!» rief ich und wandte mich dem Haus zu.

Die beiden Jungen folgten. Das Mädchen tippelte davon.

«Du läßt dir auch keine Gelegenheit entgehen, mich anzumotzen!» sagte Harry nach einer Minute Schweigemarsch.

«Wieso?» Jochen tat erstaunt.

«Na, das war doch eben wieder ganz albern mit den Kartoffelfischern, wie?»

«Swantje hat sich aber darüber gefreut», sagte Jochen lächelnd. «Bist du etwa beleidigt, mein Kleiner?»

«Erstens bin ich nicht dein Kleiner», konterte Harry. «Zweitens bin ich nicht beleidigt; ich stelle nur deinen ausgeprägten Mangel an

Knallhart.

Ein Angebot, das Sie nicht ablehnen können...

Fairness fest. Und drittens ist es mir sowieso schnuppe, was du anstellst, um der Butze zu imponieren. Mit Sprüchen wirst du bestimmt den Vorsprung nicht einholen, den ich habe...»

«Vorsprung? Ich höre immer Vorsprung... Was du wohl für 'n Vorsprung hast, du Knallprotz!» Jochen wurde böse.

«Möchtest du wohl wissen, was?» fragte Harry höhnisch.

Der Dialog spitzte sich immer mehr zu. Beide hatten jetzt helle, zornige Stimmen. Ich mischte mich nicht ein diesmal; ich dachte, vielleicht lassen sie bei so 'ner Schimpferei ein bißchen Dampf ab. Mal richtig zu einem Arschloch sagen, ist besser, als immerzu nur Arschloch denken.

«Wenn du glaubst, daß du bei mir Eindruck schindest, weil du das Mädchen duzt – das zieht nicht! Ich weiß, wie schnell du Gott und die Welt duzt», sagte Jochen.

«Ich lege keinen Wert auf deine Anerkennung. Aber falls ich dir damit eine Freude mache, kann ich dir ja zum Beispiel erzählen, was die Lütte für schöne Titten hat. Ganz stramm. Kannst du 'n Floh drauf knacken. Und kein Stück Brustgeschirr!»

Jochen, der halblinks hinter mir ging, blieb stehen.

Harry, der ein paar Schritte zurückhing, blieb ebenfalls stehen. Ich hielt auch an und sah mich um.

Jochen war blaß wie der Sand zu seinen Füßen. Der Wind wehte ihm die langen Locken um die bepflasterte Stirn und vor die Augen. «Wenn du Swantje wirklich angefaßt hast», keuchte er, außer sich vor Wut, «dann bring ich dich um!»

«Hoho!» rief Harry. «Dazu gehören zwei, du Maulheld! Ich möchte...»

«Schluß der Vorstellung!» unterbrach ich jetzt das Gerede. «Ihr habt wohl nicht alle Tassen im Schrank!»

«Wenn das Schwein wirklich das Mädchen...» stammelte Jochen.

«Schluß, verdammt noch mal!» sagte ich mit Nachdruck. «Und benehmt euch bitte nicht wie die Gockel, ihr Kindsköpfe!»

«Erlauben Sie mal!» motzte Harry mich an. «Das geht Sie einen feuchten...»

«Ich erlaube nicht, daß ihr euch gegenseitig hochbringt», fuhr ich ihn an. «Ich bin ein Vierteljahrhundert älter als ihr – jawohl, ich weiß, was Sie sagen wollen, Harry: das ist kein Verdienst, sondern nur ein biologischer Zustand... Okay. Aber dann nehme ich mir das Recht, aus meinem biologischen Zustand euren biologischen Zustand albern und allmählich unerträglich zu finden. Und wenn das nicht aufhört, daß ihr euch anknurrt wie die Hyänen vor einem Stück Fleisch, dann ist dies der letzte Streifen, den wir miteinander machen. Dann dreht ihr besser Regionalprogramm: 45 Sekunden vom Jubiläum des Viehzuchtdirektors Hühnerfuß in Ostgammelfehn und so – klar? Aber nicht wieder mit mir!»

Das half – Regionalprogramm ist bei Kamera- und Tonleuten so unbeliebt wie Backbleche putzen bei Konditoren... Es half wenigstens so weit, daß sie sich nur noch mit Blicken bombardierten und den Schnabel hielten.

Als wir am Haus ankamen, trat gerade Dirksen aus der Tür, hob seinen Feldstecher vor die Augen und suchte den Horizont ab.

«Feindliche Armada in Sicht, Admiral?» fragte ich.

«Nee», gab er lachend zurück. «Die Greetsieler Kutter kommen. Die haben heute am Großen Sand gefischt, und...»

«Ich weiß schon», unterbrach ich. «Swantje hat uns schon den Mund wäßrig gemacht auf die Seezungen.»

«Das ist Glückssache», meinte er. «Manchmal haben sie bloß Schollen. Aber irgendwas gibt's eigentlich immer – und wenn es frische Krabben sind!»

Harry war zum Schuppen gegangen; Jochen stand noch neben mir. Er hatte die Kamera abgesetzt und rieb sich die Schulter. «Wäre das nicht was für 'n paar Zwischenschnitte?» fragte er.

«Was?» Ich schaltete nicht gleich.

«Wenn Herr Dirksen oder Swantje draußen im Watt einen Eimer Schollen von den Fischern holt.»

«Ja», sagte ich, «gut... Wenn Sie noch mögen, Jochen? Was sagt Ihr Arm?»

«Der spielt schon mit.»

«Wir könnten es mit zwei Kameras machen», überlegte ich. «Sie gehen mit Herrn Dirksen raus... Vorausgesetzt, Sie haben nichts dagegen, Herr Dirksen?»

«Nein», sagte der Vogt. «Wenn ich mich nicht vorher schminken muß.»

«Nein – bestimmt nicht», fuhr ich fort. «Und zwar lassen Sie, Jochen, ihn am Anfang hundert Meter vorgehen; ich mach vom Land aus ihn allein, wie er auf den Kutter zuwatet – eine schöne große Totale mit viel Himmel und See und Einsamkeit und Pipapo. Und dann gehen Sie ran, Jochen, paar Großaufnahmen: Die Fischer, die Gesichter der Fischer, Hände, Tauwerk vom Kutter, den Eimer voll Fische, bißchen Glitzerspiegelung im Wasser und so weiter... Das kann hübsch werden.»

«Tadellos!» Jochen freute sich.

«Wann geht das los?» fragte ich den Vogt. «Und wie gehen Sie ins Wasser? Mit Badehose? Wie tief ist das Wasser?»

«Es geht mir an der tiefsten Stelle jetzt bei dem Tidestand bis zum Bauch», erklärte er. «Ich ziehe Gummistiefelhosen an. Da kann Herr Kieselack auch 'n Paar haben. Ich hab zwei.»

Er hob das Glas wieder vor die Augen. Jetzt konnte ich am Horizont die drei Fischkutter auch sehen.

«In zehn Minuten müssen wir los», sagte Dirksen. «Die Büxen nehmen wir mit. Die ziehen wir erst vorn am Wasser an. Da läuft sich's nämlich drin wie in Sirup.»

Wir machten die beiden Kameras fertig. Ich war in Versuchung, Harry mit dem Tonbandgerät mit ins Wasser zu schicken, um den Dialog zwischen Vogt und Fischern mitzuschneiden. Er hätte die Badehose anziehen müssen, da es keine dritte Gummistiefelhose gab... Vielleicht würde ihn das ein bißchen abkühlen, dachte ich.

Aber ich ließ es dann doch. Wahrscheinlich würden die Männer, wenn sie das Mikrofon sahen, gleich vor lauter Schreck Hochdeutsch reden – und dafür Harry mit erkälteter Blase... Nein, das zahlte sich nicht aus.

Wenn ich es heute, nachdem es nun vorüber ist, überdenke, dann wird mir klar, daß möglicherweise alles anders gelaufen wäre, wenn ich Harry mit hinaus ins Watt geschickt hätte. Aber nun – wäre, hätte... Wer weiß schon, ob das, was er jetzt tut, morgen noch richtig ist?

Es klappte prima. Jochen spurte. Dirksen, die Fischer, das Licht – alle spielten mit. Ich nüdelte eine ganze Kassette durch und machte mich zufrieden schon auf den Heimweg, als die Männer draußen im

Watt, bis zum Bauch im Wasser, noch an der Arbeit waren.

Harry war nicht in der Kammer im Schuppen, als ich ankam. Auch im Haus war alles still. Der Doktor war nirgends zu sehen.

In der Küche stand der kleine Eimer auf dem Tisch, den Swantje vorhin in der Hand gehabt hatte, als sie zur Schafweide ging. Er war halbvoll gelblicher Milch... Ich rief.

Keine Antwort.

9

In mir stieg ein Verdacht hoch. Ich ging aus der Küche über den kleinen Flur zu der Tür, die zu Swantjes Zimmer führte, lauschte... Drinnen raschelte etwas. Stöhnen. Ich riß die Tür auf.

Swantje lag auf dem Bett. Sie preßte den rechten Arm vor ihre nackten Brüste und hielt mit der linken Hand krampfhaft ihre Jeans fest, die Harry, halb über ihr kniend, ihr abzustreifen sich mühte.

«Nein!» rief sie. «Neinneinnein...» Sie versuchte den Jungen zurückzustoßen, wobei ihre Brüste frei wurden. «Bitte!» keuchte sie. «Bitte!» Und noch ein drittes Mal: «Bitte...!»

Ich machte vier schnelle Schritte und riß Harry, der mich nicht gehört hatte, an den Schultern zurück, zog ihn hoch und drehte ihn um. Er holte aus, um nach mir zu schlagen, aber ich wich dem schlecht gezielten Schwinger aus und brüllte ihn an:

«Bist du verrückt geworden, Mensch!»

Er kam zur Besinnung, schüttelte mit geschlossenen Augen die Erregung ab und stürzte an mir vorbei aus dem Zimmer.

Das Mädchen hockte auf dem Bett, bedeckte den nackten Oberkörper mit dem Kopfkissen und schaute mich mit großen Augen an. «Bitte, Herr Kiwitt...» Sie atmete schwer. «Sagen Sie bitte meinem Vater nichts! Es war... Es ist nichts geschehen. Harry hat mir gesagt, daß er mit mir reden will, und dann...»

«Ziehen Sie sich fix wieder an, Swantje», sagte ich. «Und beruhigen Sie sich. Ihr Vater kommt gleich mit den Fischen... Sie müssen das Abendbrot zubereiten!» Ich wandte mich zur Tür.

«Werden Sie mich... Werden Sie uns auch nicht...»

«Verraten?» Ich lächelte. «Aber nein!»

«Danke... Vielen Dank!»

«Aber Sie sollten daraus lernen, daß man nicht ohne Gefahr mit dem Feuer spielt, Swantje!» Ich kam mir sehr blöd und spießig und onkelhaft vor, als ich das sagte.

«Er ist nicht schuld. Er... Er hat die Beherrschung verloren. Er liebt mich...»

Das hätte nicht kommen dürfen. Ich ging hinaus, ohne mich noch mal umzusehen.

Aus dem einen Südwestfenster des großen Zimmers sah ich den Vogt und Jochen am Rande des Watts. Der Vogt saß auf der Erde, und Jochen half ihm, die langen Stiefel auszuziehen. Von Südosten her kam Dr. Schlünz durch die Dünen.

Harry war nicht zu sehen.

Ich mußte unbedingt mit ihm reden, aber das hatte auch noch Zeit bis nach dem Abendessen. Hungrig war ich übrigens auch. Der Himmel war jetzt ganz wolkenlos. Die schräge Sonne warf lange Schatten und machte das Gelände damit scheinbar hügeliger, als es in Wirklichkeit war. Eine Gruppe großer Vögel flog in Dreiecksformation von Osten nach Westen langsam über die Insel und hinaus aufs Meer; ich konnte nicht erkennen, ob es wilde Gänse oder Schwäne waren. Ich wußte auch nicht, wie die einen oder anderen fliegen. Ich mußte nachher Dirksen fragen; der wußte es bestimmt.

«So, Chef, das hätten wir!» rief Jochen stolz, als er mit dem Vogt ins Zimmer kam. Er legte die Kamera behutsam auf einen Stuhl.

«War's kalt? Schwierig?» fragte ich.

«Nein», sagte er. «Nicht kalt. Etwas mühsam wegen der Lichtreflexe auf dem Wasser – aber das kann schon sehr hübsch aussehen. Ich hab auch noch das aufgezogene F im Kasten – auf alle Fälle.»

«Ach ja, das müssen wir ja wieder einholen.» Dirksen trug den Eimer mit den schleimigen Schollen zur Küche und rief: «Swantje, vergiß nicht, den Fischwimpel einzuziehen!»

«Ja, Vater», rief Swantje zurück. Ihre rauhe Stimme klang noch rauher als sonst.

«Es wird heute sicher eine halbe Stunde später mit dem Abendessen», verkündete Dirksen. «Schollen dauern immer ihre Zeit. Übrigens sind auch Seezungen dabei, Herr Kiwitt. Da müssen Sie mit Ihren beiden Jungs und dem Doktor knobeln, wer eine kriegt – es sind nur drei Stück.»

«Das ist doch ganz einfach», sagte ich. «Eine Swantje, eine Sie, Herr Dirksen, und eine Jochen als Honorar für die Wasserpartie.»

«Ich nicht», sagte Dirksen. «Ich mach mir sowieso nicht so viel aus dem Labberkram. Und Swantje kann viermal die Woche das F aufziehen und Seezungen essen. Das macht man unter euch aus.»

Der edle Wettstreit wurde von Dr. Schlünz unterbrochen. Er kam herein, nahm seine Brille ab, putzte sie und fragte: «Können Sie wohl für mich den Kapitän anrufen, ob er mich morgen abholt, Herr Dirksen?»

«Nanu?» Der Vogt staunte. «Morgen, Doktor? Ich denke, Sie wollten wenigstens zehn Tage Orchideen pflücken bei uns?»

«Also bitte, Herr Dirksen», gab Dr. Schlünz ärgerlich zwinkernd zurück. «Die *Gymnadenia cucculata* war bereits abgebrochen, als ich sie an mich nahm! Sie glauben doch nicht, daß ich...»

«Schon in Ordnung», sagte der Vogt grinsend und legte dem kleinen Mann seine mächtige Hand auf die Schulter, was der mit offensichtlichem Unbehagen ertrug. «Geschenkt... Aber warum reisen Sie früher ab?»

«Ich habe alles schneller erledigen können, was ich erledigen wollte. Und außerdem – nichts für ungut, Herr Dirksen, aber die Schießerei... Ich kriege kein Auge zu! Und unter solchen Umständen kann von konzentrierter wissenschaftlicher Arbeit ohnehin kaum die Rede sein.»

«Versteh ich», meinte Dirksen mit gerunzelten Brauen. «Das verstehe ich gut, Doktor... Gut, nach dem Essen ruf ich Freerk an. Morgen ist so gegen zwei Flut. Da kann er Sie so halb eins, eins rum abholen, wenn er nichts anderes hat und wenn es nicht stürmt.»

«Danke», sagte Dr. Schlünz. «Vielen Dank! Ich gehe noch mal eben rüber in die Hütte.»

«Essen halbe Stunde später», rief ihm der Vogt noch nach. «Dafür gibt's aber 'ne wundervolle frische Seezunge, extra für Sie!»

Schlünz fuhr herum. «Nein, bitte nicht...» Er zwinkerte ängstlich. «Ich esse seit langem keinen Seefisch mehr, vielen Dank!»

Damit verließ er das Sechs-Fenster-Zimmer unter mehreren kleinen, nickenden Verbeugungen, die mich an Japaner erinnerten, mit denen ich mal zu tun gehabt hatte.

Wir sahen uns an, etwas erstaunt von der Reaktion.

«Das Seezungenproblem ist also gelöst», sagte der Vogt. «Das Fernsehen übernimmt die Vertilgung... Darauf sollten wir eigentlich einen nehmen. – He, Swantje!»

«Lassen Sie, Herr Dirksen», sagte ich, «das übernimmt das Fernsehen auch...» Ich lief zur Küche, um aus meinem Zimmer den

Cognac zu holen. In der Küchentür stieß ich fast mit Swantje zusammen.

«Verzeihung!» sagte ich.

«Bitte», erwiderte sie leise. «Was ist, Vater?»

«Schon passiert», dröhnte der Vogt und fuhr etwas leiser fort: «Was ist denn mit dir los, Mädchen? Was hast du denn für rote Augen? Heulst du?»

«Nein, Vater, ich hab Zwiebeln geschnitten für den Kartoffelsalat...»

«Ach so. Ich dachte schon...» Er setzte sich ans Fenster und stopfte seine Pfeife.

Die Zwiebeln lagen ungeschält und ungeschnitten auf dem Küchentisch neben der Schüssel mit den gekochten Kartoffeln. Ich sah dem Mädchen in die Augen, als ich mit der Flasche zurückkam, blinzelte sie an und flüsterte im Vorbeigehen: «Keine Angst, Swantje, das läuft sich alles zurecht!»

Ein winziges Lächeln erschien auf ihrem Gesicht, scheu wie eine Hausmausnasenspitze am Mauseloch. Dann schluckte sie und guckte mich mit ihren großen, klaren Augen an, als ob ich so eine Art Heiliger sei. Ich bin aber keiner – was schon daraus hervorgeht, daß ich in diesem Augenblick gern zwanzig Jahre jünger gewesen wäre... Na ja.

Nach dem Cognac – oder richtiger, nach den zwei Cognacs – ging ich hinüber zum Schuppen, um die Zeit bis zum Abendbrot auszunutzen und mit Harry und Jochen mal durchzusprechen, was noch anlag. Die zwei werkelten stumm in ihrer nach Jugendherberge duftenden Kammer. Außer dem Jugendherberge-Strohsack-Duft konnte ich die Feindseligkeit im Raum förmlich riechen.

Dämlicher Kram.

Ich hatte mit den beiden und auch mit anderen Teams schon öfter Krach gehabt, aber so bitter und böse wie diesmal war das noch nie gewesen.

Vor allem Jochen war nicht wiederzuerkennen. Er trug, wenn Harry nur in die Nähe kam, ein Gesicht zur Schau wie drei Tage Regenwetter und war durch nichts aufzuheitern oder abzulenken. Es mußte ihn doppelt schlimm erwischt haben, einmal das Verliebtsein – und zum zweiten die Eifersucht. Einerseits tat er mir leid, aber andererseits ging mir diese Trauer- und Wutmiene allmählich ernstlich auf die Nerven.

Es wurde Zeit, daß wir die Sitten der Silbermöwen endgültig im Kasten hatten und heimwärts fahren konnten, zurück nach Hamburg, wo es keine solche dramatischen Himmel, kein so heftig wirkendes Reizklima – aber auch nur selten so aufregende Augen gab wie hier auf der verflixten Vogelinsel.

Die Jungen hatten sich trotz allem immerhin so in der Gewalt, daß wir sachlich über die getane und die noch zu leistende Arbeit reden konnten. Es blieb nicht mehr sehr viel zu tun. Ich hätte gern ein paar Großaufnahmen von Möwenküken gehabt, hätte auch noch das Eierwenden filmen wollen, weil es eine Eigenart der brütenden Silbermöwen ist, und dachte schließlich noch an Aufnahmen von der Beringung der halbflüggen Jungmöwen. Wenn das Wetter gut blieb, mußte dies an einem bis anderthalben Tagen leicht zu schaffen sein.

Wir machten uns also einen Drehplan, klopften in alter Aberglauben-Tradition mit Toi-toi-toi unter den Tisch, als vom Wetter die Rede war, und beschlossen, daß Jochen morgen früh ganz zeitig mit der einen Kamera im Unterstand Posten beziehen und den Tag über von da aus versuchen sollte, die Eier-Aktivität der brütenden Möwen und vielleicht auch – mit dem Teleobjektiv – ein paar Großaufnahmen von Küken zu schießen; ich würde mit Harry, der noch Ton aufnehmen mußte, und mit dem Vogt die Beringung filmen.

Friede, Freundschaft, Eierkuchen... Eitel Harmonie herrschte in der Schuppenkammer. Die beiden Jungen lachten schon wieder gemeinsam über irgendeine unabsichtliche Bemerkung von mir, die man – zumindest in ihrem Alter – auch zweideutig auslegen konnte, und sie erklärten, sie würden nach unserer Rückkehr beim Sender gewiß dafür sorgen, daß alle erführen, was ich für ein tüchtiger Spezialist sei.

«Dann kriegen Sie 'n Schild an die Bürotür, Chef», sagte Harry. «‹Anselm Kiwitt, Fachmann in Vögeln› oder so...»

«Das gibt aber Andrang», lachte Jochen.

Ich lachte gern mit und freute mich, daß die Gespenster wenigstens für eine Weile gebannt waren. Trotzdem wollte ich mit Harry noch wegen des Mädchens sprechen. Die Gelegenheit dazu ergab sich erst nach dem Essen, denn als wir ins Haus kamen, roch es schon sehr gut nach gebratenem Fisch, und wir mußten uns gleich hinsetzen, nachdem Jochen noch den Doktor aus seiner Hütte geholt hatte.

Die Seezunge war einfach köstlich. Ich konnte nicht begreifen, wieso Dr. Schlünz so was ablehnte und statt dessen Würstchen aß, die ihm Swantje extra heiß gemacht hatte.

Sechs Stunden später verstand ich auch das. Sechs Stunden später verstand ich überhaupt einiges. Ich kann jedoch nicht sagen, daß ich froh darüber war. Der Preis war zu hoch.

Aber noch waren wir, wie gesagt, beim Abendessen.

Ich saß so, daß ich – links neben Dirksen, der die Fensterfront vor sich hatte – die Wand neben dem Windfang sehen konnte, an der die Jacken und Mützen aufgehängt wurden. Dort hing auch Harrys hellgelbe Öljacke. Zwischen der wundervollen Seezunge und der ersten schmackhaften Scholle sah ich aus dem Augenwinkel, daß Swantje sich im Vorbeigehen, als sie die Salatschüssel in der Küche nachfüllen wollte, an der Jacke flink zu schaffen machte, aber ich vergaß das im Verlauf des Essens wieder. Es interessierte mich auch nicht sonderlich. Wenn ich besser beobachtet hätte, wäre mir vielleicht nicht entgangen, daß auch noch jemand anderes am Tisch darauf aufmerksam geworden war.

Wir redeten nicht allzuviel. Dr. Schlünz sagte sowieso selten was. Dirksen war zu intensiv mit seinen Schollen beschäftigt, wie er überhaupt alles, was er tat, sehr konzentriert tat. Jochen schwieg sowieso immer, wenn Swantje in der Nähe war; nur Harry gab ein paar flapsige Bemerkungen und Witzchen von sich, auf die aber keiner so recht einging. Swantje stellte lediglich Hausfrauenfragen: «Darf ich Ihnen noch Kartoffelsalat...? – Sind Sie wirklich mit den zwei Würstchen satt, Herr Doktor?... – Möchte jemand noch eine Scholle?...»

Ich berichtete dem Vogt zwischendurch von unserem Arbeitsplan.

«Ja», sagte er. «Die Beringung machen wir dann gleich am Vormittag. Ist mir egal, welche Zeit.»

«Nicht so früh», sagte ich. «Das Licht ist gegen Mittag besser – wenn es überhaupt morgen geht.»

«Doch», sagte Dirksen nach einem Blick auf die See und den Himmel. «Das hält sich.» Er wandte sich zu Dr. Schlünz: «Ich habe übrigens mit dem Schiffer telefoniert, Herr Doktor. Das geht klar. Er kommt morgen und holt Sie. Er ruft an, wenn er drüben losfährt; dann haben wir noch dick Zeit bis zum Strand. Swantje bringt Sie mit dem Wagen zum Wasser runter – nicht wahr, Swantje? Weil ich doch bei den Aufnahmen dabei sein muß... Na, wir können das morgen früh noch besprechen; wir sehen uns ja alle zum Frühstück...»

Eine Viertelstunde vor der Tagesschau erhoben wir uns vom Schollenschlemmen.

Der Vogt setzte sich in sein Arbeitszimmer, um an einem Beringungsbericht für seine vorgesetzte Behörde weiterzuschreiben; auch Inselvögte und Vogelwarte haben – wie könnte es anders sein? – vorgesetzte Behörden.

Ich weiß nicht, ob dort Oberinselvögte oder Inselobervögte oder Obervogelwarte oder Vogeloberwarte sitzen, aber ich weiß, daß auch die Bepflanzung von Dünen und die Beringung von Silbermöwenküken behördlich geregelt wird, daß es da Dienstvorschriften, Dienstanweisungen, Dienstzimmer, Dienststempel gibt und Formulare, Verwaltungsbeamte, Registraturen und so was alles. Ich weiß das, denn ich hatte die Erlaubnis zum Drehen auf Melloog außer vom Inselvogt auch von Wasser- und Schiffahrtsämtern, Naturschutzbehörden und sogar von Landesregierungsstellen einholen müssen. Es war gar nicht so einfach gewesen. Ich hatte schon befürchtet, daß wir wegen der Holprigkeit der diversen Dienstwege das amtliche Placet, die Brutgewohnheiten der Möwen filmen zu dürfen, erst drei Monate nach Beendigung der Brutzeit bekommen würden – und dann auch nur für ein halbes Jahr gültig.

Der Vogt setzte sich also über seinen Beringungsbericht. Dr. Schlünz ging zur Hütte, um schon mit Packen zu beginnen. Swantje schichtete in der Küche Geschirr. Jochen lief zum Weststrand, und ich bat Harry um ein Zehn-Minuten-Gespräch:

«Länger wird es gewiß nicht dauern», sagte ich.

«Worum geht's denn?»

«Lassen Sie uns rüber in Ihre Kammer gehen», gab ich zurück. «Dort sind wir ungestört.»

«So feierlich? Müssen wir Kerzen anzünden?» fragte er mit gespielt übertriebener Angst.

Ich lächelte jedoch das Lächeln nicht, das erwartete, und ging vor ihm her aus dem Haus am Ententeich vorüber zum Schuppen. Er trottete schweigsam hinter mir her. Seine Öljacke hatte er im Haus hängen lassen. In der Kammer hockte er sich aufs Fensterbrett, zündete sich nervös eine Zigarette an, wartete nicht, bis ich begann, sondern attackierte mich, ehe ich noch das erste Wort gesagt hatte:

«Wenn Sie mir wegen der Sache heute nachmittag eine Gardinenpredigt halten wollen, Chef, dann sage ich Ihnen gleich, daß ...»

«Moment!» unterbrach ich ihn, setzte mich auf den alten Stuhl, nachdem ich die darauf gestapelten Sachen auf einen der Strohsäcke gelegt hatte, und zündete mir gemächlich auch eine Zigarette an. «Einen Augenblick, Harry! Es geht jetzt weder um Moralpredigten noch um Standpauken, noch um Vorwürfe. Es geht darum, daß wir ohne Voreingenommenheit und möglichst sachlich über die Situation diskutieren, in der wir uns befinden – und über die Situation, die aus Ihrer... aus Ihrem... Nun, sagen wir ‹Flirt› mit dem Mädchen Swantje entstehen kann.»

«Situation? Was für eine Situation soll da entstehen? Das kapier ich nicht», sagte er irritiert. «Was kann denn passieren, wenn ich... Na, wenn ich mal mit der Kleinen... Ich habe schon hundert oder was weiß ich wie viele Mädchen gehabt; was soll da Besonderes passieren? Wenn ich ihr kein Kind andrehe – du liebe Güte! Schließlich bin ich ja nicht von gestern. Und überhaupt – wen geht das was an? Ich bin volljährig, und sie ist über sechzehn. Was soll's?»

«Mein lieber Harry», sagte ich nach einer kurzen Pause und bemühte mich, meiner Stimme einen ruhigen, aber nicht zu onkelhaften Klang zu geben, «mit wem Sie wo oder wann ins Bett oder ins Gras oder sonstwohin gehen – das ist mir so gleichgültig wie die Zahnschmerzen von – na, meinetwegen von Mr. Nixon. Aber wenn aus solchen Zahnschmerzen dann, sagen wir mal, eine neue Invasion irgendwo wird, dann sind sie mir eben nicht mehr gleichgültig. Verstehen Sie?»

«Nein. Oder wollen Sie damit sagen, daß die blöde Schießerei hier auf der Insel irgendwas mit meiner Poussage mit dem Mädchen zu tun hat?»

«Das weiß ich nicht. Ich kann's mir eigentlich nicht vorstellen. Es geht mir um ganz was anderes: Hier ist nicht Hamburg, Harry, oder Berlin oder irgendeine Stadt. Und wenn Sie ausgerechnet *diesem* Mädchen den Kopf verdrehen, wenn Sie ihr zu allem Überfluß auch noch was von Heiraten erzählen, nur, damit sie stillhält, dann...»

«Heiraten?» Er ging hoch. «Wer sagt das?»

«Haben Sie sie nicht aufgefordert, mit Ihnen nach Hamburg zu kommen? Haben Sie ihr nicht gesagt, daß Sie wundervoll zusammenpassen? Haben Sie nicht vorgeschlagen, daß Sie für längere Zeit zusammen leben wollen, um zu prüfen...»

«Na und?» unterbrach er mich. «Warum nicht? So was gehört zum Spiel – oder? Das halte ich für erlaubt! Heiraten hin oder her... Ich denke überhaupt nicht daran, zu heiraten – und so 'ne weltfremde Mieze schon gar nicht! Aber...» Er grinste. «Aber niedlich ist sie! Macht schon erschrockene Augen, wenn ich ihr die Bluse aufknöpfe... Mein Gott, wenn man bei so was jedes Wort auf die Goldwaage legen wollte...»

«Und jeden Griff, wie? Wenn man einer unter die Wäsche will, dann schreckt man auch vor 'ner kleinen Vergewaltigung nicht zurück, nicht wahr? Das stärkere Geschlecht: Immer am Ball! Und dann wundervolle Theorien von Gleichberechtigung und Emanzipation... Prima!»

«Was soll das denn jetzt?» fragte er mit verkniffenen Augen. «Wollen Sie mir mit politischen Argumenten den Spaß an der Liebe verderben, Chef? Da komm ich nun überhaupt nicht mehr mit! Und was heißt denn hier Vergewaltigung? Sie hat mich in ihr Zimmer gelassen. Sie hat sich halb ausziehen lassen, abknutschen lassen, ohne jeden Einspruch – da hätte sie auch wissen müssen, daß da noch mehr...»

«Haben Sie eben ‹Liebe› gesagt?» fragte ich leise.

Er sah mich verdutzt an.

Ich ließ ihn auf seiner Fensterbank sitzen und ging hinaus. Im Vorbeigehen an der offenen Schuppentür hatte ich einen flüchtigen Moment den Eindruck, da stünde jemand im Dunkeln neben der Box, in der Fritz, das Pferd, untergebracht war. Ich schaute noch mal genauer hin – aber da war nichts. Ein alter Fellmantel hing an einem Haken und wackelte ein bißchen. Das konnte vom Wind kommen. Oder das Pferd hatte daran gestoßen. Ich mußte mich getäuscht haben.

Drüben am Haus trat gerade Swantje vor die Tür. Sie hatte eine Schüssel unter dem Arm und ging zum Hundezwinger, um dem Münsterländer sein Fressen zu bringen.

Sie bemerkte mich nicht, und ich blieb hinter dem Pferdewagen stehen und sah ihr zu. Sie redete laut mit dem Hund, während sie seine Futterschüssel aus dem Zwinger holte und mit einem Büschel Dünengras säuberte und frisch füllte.

«O Hasso, du hast es gut, alter Hund», sagte sie mit ihrer rauhen Stimme, «du hast keinen Kummer. Du hast keine Sehnsucht. Du brauchst dich nicht zu fürchten. Du träumst nicht... Du hast ein Leben!»

Der Hund wedelte mit dem Schwanz, aber das galt gewiß mehr dem vollen Futternapf als der Ansprache.

Swantje summte, indem sie die zweite Emailleschüssel auswischte und mit Wasser füllte. Sie summte eine eigenartige, langgezogene Melodie in Moll, dann setzte sie sich auf einen verwitterten Balken neben dem Zwinger, schaute dem Hund beim Fressen zu, ohne recht hinzusehen, wiegte langsam den Kopf hin und her und begann zu singen: «Ha-la-da-lo-di-la-du...»

Eigenartige Laute und halbe Töne sang sie mit immer heller werdender, immer brüchigerer Stimme. Es war wie eine seltsame Beschwörungsformel, was sie da sang – und dazu die wiegende Bewegung des Kopfes und die weitgeöffneten Augen, die nun zum Himmel erhoben waren... Unheimlich.

Dann brach sie unvermittelt ab und schlug die Hände vor das gesenkte Gesicht. Sie weinte aber nicht, wie ich erst dachte, sondern lachte kichernd, stand jäh auf und hüpfte mit einer Art Tanzschritt ins Haus.

Ich blieb verwirrt noch eine Weile neben dem Wagen stehen.

Der Himmel war klar, bis auf eine Wolkenbank im Westen, in die gerade die Sonne wie in einen Schlafsack kroch. Im Süden flimmerte in der allmählich dunkelnden grünblauen Unendlichkeit die Venus. Der Wind hatte aufgefrischt, nach Westen gedreht und brachte Schlickgeruch vom Strand.

Als ich ins Sechs-Fenster-Zimmer trat, leierte gerade die Tagesschau-Fanfare nebenan. Dirksens Arbeitszimmertür stand offen. Er war nicht darin, aber das Fernsehgerät lief. Ich setzte mich in einen der Sessel und schaltete meine Augen, Ohren und Gedanken auf Konsum. Bei den Gedanken gelang das nicht gleich, aber die Ansage und die Bilder von Unruhen an einer Universität ließen mich die ungute Unterhaltung mit Harry vorübergehend vergessen.

Dirksen sah durch die Tür: «Wollen Sie auch 'n Bier, Herr Kiwitt?»

«Gerne!»

Er verschwand und kam mit zwei Gläsern und vier Flaschen zurück, die er erstaunlicherweise in einer Hand halten konnte. «Gibt's was Neues?» fragte er und ließ sich in den zweiten Sessel plumpsen.

«Nichts Besonderes bis jetzt», erwiderte ich, denn ich nahm nicht an, daß ihn Studentenkrawalle interessierten. Das war so weit weg von seiner Welt.

Er machte zwei Flaschen auf und gab mir eine. Das dunkelgrüne Glas war beschlagen und kühl. Oben auf dem Flaschenhals perlte eine kleine Schaumblume.

10

Man darf das zwar eigentlich nicht laut sagen, aber ich will es gestehen: Ich bin ein leidenschaftlicher Freund richtiger, wilder Western. Das ist einer der Gründe, warum ich das Fernsehen fein finde; nun muß ich nicht mehr wie früher die Kinoprogramme lesen, um festzustellen, ob irgendwo ‹der Tod mitreitet› oder ‹ein Galgen für Jefe› aufgerichtet ist.

Ich muß nicht mehr zwischen johlenden, pfeifenden, Gummi kauenden Halbwüchsigen in zugigen oder stickigen Vorstadtkinos hocken, um den Rauhreiter Ronny zu bewundern, seine schnelle Schießkunst, seine fliegenden Fäuste, sein karges Kauderwelsch, seine rasenden Ritte zu verfolgen; ich brauche mir nicht mehr auf knarrenden Stühlen in strapaziösen Stunden einen steifen Rücken zu holen, weil ich wissen will, ob der Sheriff den Schurken vom Schuppendach schießt, ob doch wieder das Edle siegt, ob die zierliche Zoe, Tochter des Trunkenbolds aus Tamtam City, aus den harten Händen der Bone-Bande befreit wird und den fragwürdigen Fremden mit ihrer Liebe labt...

Natürlich weiß ich, daß meine Neigung nicht ‹in› ist, daß sie niederen Instinkten entspringt, daß Western schlimm sind: faschistoid, verderblich, verwerflich, spätkapitalistisch, system-verschleiernd ... Es gibt noch mehr eindrucksvolle Wörter, Fremdwörter zumeist.

Aber ich kann mir nicht helfen – ich habe Spaß daran. Am Western, meine ich; an den Fremdwörtern weniger. Deshalb gelte ich auch bei manchen meiner Freunde als bürgerlich, als unbrauchbar für die revolutionäre Arbeit. Mir tun ja oft die heutigen bierernsten Bebel-Burschen, die muffligen Marx-Mädchen ein bißchen leid. Und ich fürchte, die Revolution, die sie propagieren, wird am Bierernst scheitern – am Bierernst der Revolutionäre. *Mon Dieu,* wenn ich mir da die französischen Revolutionslieder anhöre! Da wurde wenigstens mit Charme guillotiniert... *Ah, ça ira, ça ira, ça ira...*

Ich bitte um Nachsicht für die Abschweifung... Was für ein Sprung vom Cowboy zur *Carmagnole*!

An diesem Abend stand, das hatte ich in der Rundfunk-Zeitschrift gelesen, vierzig Minuten nach der Tagesschau ein Western auf dem Fernsehprogramm. Der andere Sender hatte eine Operette angekündigt; ich hoffte inständig, daß Dirksen kein Operetten-Fan war. Ich hoffte mit Erfolg.

«Gleich kommt 'n Wildwestfilm, Herr Kiwitt», sagte er, als die niedlich-nichtssagende Reportage über den Alltag irgendwelcher Artisten zu Ende ging. «Oder soll ich umschalten? Auf der anderen Welle gibt's was mit Musik und Singerei und so...»

«Von mir aus lieber Western», sagte ich. «Aber ich habe nicht zu entscheiden. Was wollen Sie sehen, Swantje?»

Das Mädchen hatte sich kurz nach den Nachrichten mit einem Strickzeug zu uns gesetzt und sah mich erstaunt an. Es war nicht gewöhnt, gefragt zu werden.

«Ich...? Mir ist das egal.»

«Also lassen wir die harten Männer auf der Scheibe», sagte der Vogt. «Ich hatte schon Angst, Sie würden sich für das Gesinge entscheiden. Ich sehe nämlich furchtbar gern Cowboy-Filme.»

«Ich auch», pflichtete ich bei. «Ich hatte meinerseits auch Angst, Sie würden vielleicht lieber die Operette...»

«Seh ich so aus?» grinste er und öffnete die nächsten zwei Flaschen Bier.

«Seh *ich* so aus?» fragte ich zurück.

Wir waren ein Herz und eine Seele, tranken das Bier aus der Flasche und freuten uns eine gute Stunde an den tollen Taten des schlaksigen Gary Cooper.

Der Streifen begann gleich mit einer ungeheuren Saloon-Prügelszene, die so perfekt gemacht war, daß ich nicht mitkriegte, wie Jochen ins Zimmer kam und sich hinter uns hinsetzte. Ich bemerkte seine Anwesenheit erst, als Dirksen während einer etwas langweiligeren Passage zu seiner Tochter sagte, sie solle noch Bier holen, und über die Schulter fragte:

«Sie auch eins, Herr Kieselack?»

«Ja, gern», erwiderte Jochen. «Danke.»

Draußen war es inzwischen dunkel geworden. Einer der Fensterläden klapperte im Wind. Dr. Schlünz schaute kurz durch die Tür und wünschte gute Nacht. Harry kam herein, blieb – seine Öljacke über der Schulter – ein paar Minuten am Bücherregal stehen und sah zu. Dann verschwand er wieder mit einer Bemerkung, die ich nicht verstand, weil gerade Gary Coopers gescheckter Gaul wieherte.

«Was hat er gesagt?» fragte ich Jochen.

«Er geht noch mal zum Strand.»

Die drei Burschen mit den schwarzen Schlapphüten betraten auf dem Bildschirm breitbeinig den Saloon. Die Gespräche der Typen an den Tischen ringsum verstummten. Der dicke Wirt guckte nervös umher. Das weitgehend barbusige Mädchen neben dem Klavier blickte besorgt auf Gary, der ungerührt weiter Karten mischte und scheinbar als einziger die Keilerei nicht ahnte, die wie Tabakschwaden in der Luft hing.

Es lief ab, wie es immer abläuft: Provokation, Prügel, Peng-Peng, der Held siegt; neue Verwicklungen, die man – irgendwie ist das gerade das Schöne daran – alle schon kennt...

Der Held lieferte schließlich die Bösewichter nach Größe sortiert und gebündelt beim Sheriff ab und ritt, müde und staubig, das bittere Lächeln der Einsamen auf den schmalen Lippen, der sinkenden Sonne entgegen – im Gegenlicht, versteht sich. Die Hintergrundgeigen schwollen an, die Schrift des Nachspanns lief ihm übers Gesicht, und gleich darauf verkündete eine diskret dümmliche Dame, daß man nun zur zweiten Ausgabe der Tagesschau nach Hamburg umschalten werde.

Wir tranken unser Bier aus, ließen noch die zweiten Abendnachrichten über uns ergehen und halfen Swantje, die leeren Bierflaschen, unbenutzten Gläser und vollen Aschenbecher in die Küche zu tragen. Jochen verabschiedete sich. Swantje räumte noch ein wenig auf. Der Vogt zog seine Windjacke an, um die übliche abendliche Runde zu gehen. Ich trat mit ihm vor die Tür.

In Schlünz' Hütte war es dunkel. In der Kammer im Schuppen brannte Licht. Ich konnte durch das vorhanglose Fenster Jochen dort hantieren sehen. Er war allein. Die See rauschte. Der Leuchtturm fingerte über die Insel. Ich sagte gute Nacht und stieg hinauf in meine Dachstube.

Eine Viertelstunde später lag ich im Bett und zählte die Sekunden zwischen den Leuchtturmstrahlen, die über die schrägen Wände wischten. Ich kann nicht erklären, warum ich nicht einschlafen konnte. Ich zählte und zählte und wurde immer wacher. Der Tag passierte Revue in meinen Gedanken, der Kripobesuch, der Streit der beiden Jungen auf dem Rückweg vom Leuchtturm, Harry über dem halbnackten Mädchen kniend, das unerfreuliche Gespräch mit ihm, Schlünz' plötzlicher Entschluß, abzureisen – und dazu und dazwischen die Möwen, der stete Wind und jetzt die Lichtstrahlen an der Wand über meinem Bett... einundzwanzig... zweiundzwanzig... Es war zum Verrücktwerden!

Es ging auf halb zwölf, als ich mir, ganz gegen meine Gewohnheit, eine Zigarette anzündete. Es war kurz nach zwölf, als ich aufstand, Hose und Pulli überstreifte, in Strümpfen, die Schuhe in der Hand, die steile Stiege hinabkletterte und durch die Küche, in der noch ein leichter Geruch nach gebratenem Fisch hing, leise ins Sechs-Fenster-Zimmer und von da nach draußen ging, nachdem ich mir im Windfang die Schuhe angezogen hatte.

Ich lief ums Haus, zwischen Jagdhütte und Schuppen hindurch, die beide dunkel lagen, und weiter zum Strand.

Es war nicht kalt, wenn man sich bewegte und den Wind im Rükken hatte. Die Flut kam. Über der Brandung stand ein Dunstschleier. Am mondhellen Himmel flog wieder so ein Dreieck großer Vögel, die sich mit leisen, quarrenden Rufen verständigten... Ich hatte vergessen, Dirksen zu fragen, was das für Vögel waren.

Ich lief, den leckenden Wellen ausweichend, direkt am Wasser entlang, mußte manchmal ein paar schnelle Hüpfschritte machen, weil eine Welle überraschend weit auf den Sand vorstieß, und atmete so tief die wundervolle Luft, daß es fast weh tat.

Ich weiß nicht mehr, woran ich dachte, aber ich weiß noch, daß ich richtig glücklich war. Die Weite, der Wind und das Rauschen des Wassers wischten alle meine bedrückenden Gedanken aus, wie ein großer, nasser Schwamm Kreideschrift an einer Wandtafel löscht.

In Höhe des Leuchtturms bog ich ab, querte den Strand und stapfte durch die Dünen auf den Turm zu. Kaninchen witschten vor mir in den Strandhafer. Im Sanddorngestrüpp raschelte es. Eine Stranddistel piekte mich durch die Hose ins Bein.

Weit drüben auf dem Festland flimmerten einzelne Lichter. Als ich am Fuß des Turms angekommen war, stellte ich mich an die windgeschützte Seite und sah mir das Strahlenkarussell über meinem Kopf an. Es war phantastisch! Der Himmel wirkte über den Lichtstreifen wie ein tiefschwarzer Tunnel, in dem die Sterne als einzelne Pünktchen schimmerten. Je länger ich hinsah, um so mehr kam es mir vor, als ob die Strahlen still ständen und sich über ihnen die bestirnte Dunkelheit drehte... Mir wurde ganz schwindlig, und ich mußte mich, als ich den Kopf senkte, mit den Augen an einem Büschel Strandhafer festhalten, um wieder ins Gleichgewicht zu kommen.

Allmählich begann ich müde zu werden. Ich versuchte, den Trampelpfad zu finden, der vom Leuchtturm aus direkt zum Haus führte, aber das war bei dem Geflimmer der Scheinwerferstrahlen sehr schwierig; und da ich nicht sicher war, ob ich nicht ins Brutgebiet geraten würde, und überdies nicht wußte, wie sich die lieben Vögelchen bei Nacht benahmen, lief ich lieber über die Dünen wieder zurück zum Strand und am Wasser entlang, das inzwischen schon weit auf den Sand schäumte.

Ich hatte jetzt den Wind von halbrechts vorn und kam ein wenig langsamer voran. Dort, wo die höchste Düne mit dem aus Balken roh gezimmerten Seezeichen stand, schwenkte ich rechts ab und war stolz, so zielsicher die richtige Stelle gefunden zu haben, von der aus man durch das schmale Dünental direkt zu Dirksens Domizil gelangte. Ich war guter Dinge, unbeschwert, herrlich müde und freute mich auf mein Bett.

Ungefähr zweihundert Schritt vor der Biegung, hinter der das Haus stand, sah ich den Toten.

Unsinn.

Ich sah etwas Helles quer über dem Weg liegen und dachte zuerst, es sei eines der weißen Schafe, das sich dahin verirrt hatte und nun ausruhte. Aber das dachte ich nicht lange; Schafe glänzen nicht, und das, was da lag, glänzte im Mondlicht.

Da kapierte ich, daß es ein Mensch war. Ich rannte die letzten Meter, die mich von der reglosen Gestalt trennten; ich erkannte Harrys gelbe Öljacke und sah seinen Kopf mit dem Gesicht im Sand und die seltsam verdrehten Beine... Ich griff nach der ausgestreckten linken Hand, die in ein Büschel Gras verkrampft war.

«He, Harry!»

Ich rief gar nicht laut. Ich wußte schon, daß es keinen Sinn hatte. Die Hand war kalt. So kalt, wie nur tote Hände sind.

Ich war so erschrocken, daß ich vor dem toten Jungen kauerte und völlig verstört versuchte, meine jagenden Gedanken zu ordnen. Dann versuchte ich, ihn aufzurichten, ihn hochzuzerren, aber er war zu schwer; mir fiel auch ein, daß da ja wohl nichts verändert werden dürfe. Neben Harrys Ohr sah ich jetzt Blut, entdeckte eine Schußwunde. Ich faßte in die Außentaschen seiner gelben Jacke: Zigaretten, Zündhölzer – und ein Zettel... Im Mondlicht versuchte ich, zu lesen, was darauf stand, aber das gelang nicht. Ich steckte ihn – mehr in meiner Verwirrung als mit irgendeiner Absicht, in die Tasche.

Erst Schlünz. Dann Jochen. Und jetzt Harry... Fehlschuß, Streifschuß, Treffer... War es dem unbekannten Schützen – dem unbekannten Mörder mittlerweile – eigentlich ganz egal, wen er umbrachte? Ich schüttelte mich. Ich fror. Ich sprang auf und sah mich um... Aber da war nichts außer Wind, mondbeschienenem Sand und Gras und Strandhafer.

Doch mir war die Angst in die Glieder gefahren. Ich lief los, rannte zum Haus wie ein Hühnerküken, wenn der Bussard über dem Bauernhof kreist. Ich rannte, so schnell ich konnte, und die Angst rannte mit.

Erst als ich drinnen war, als ich den Türpfosten aufgeregt abgetastet, den Lichtschalter gefunden und das Licht angeknipst hatte – erst dann fiel mir ein, daß ich nicht wußte, wo eigentlich das Zimmer war, in dem Dirksen schlief. Dirksen, der mir helfen sollte, der sofort geweckt werden mußte... Wo schlief Dirksen?

Ich stand in dem stillen, hellen Zimmer und spürte, wie ich zitterte. Ich war hilflos. Ich war nicht in der Lage, etwas Vernünftiges zu tun. Mein Blick fiel auf die Cognacflasche, die auf dem Sims stand. Ich nahm sie, zog den Korken ab und trank einen langen Schluck, gleich so aus der Flasche. Mir wurde schlagartig heiß, aber besser wurde mir nicht.

«Herr Dirksen», sagte ich, wie zur Probe. Dann brüllte ich los: «Herr Diiierksennn...» Und noch einmal, lauter, mit überschlagender Stimme: «DIIIERK–»

Da machte es *Schnapp* in mir. Meine Knie wurden weich. Ich kippte um.

Jemand rief etwas. Er rief einen Namen. Meinen Namen. Er war weit weg. Dann kam er näher und gab mir Ohrfeigen. Es tat nicht weh. Er schlug nicht sehr fest.

«Kiwitt... Mensch, Kiwitt – was ist denn los?»

Dirksen. Die Insel. Möwen... Harry.

Der Vogt kniete neben mir und redete auf mich ein: «Mann, Kiwitt! Hören Sie mich? Was ist denn passiert? Was grinsen Sie denn? Soll das 'n Witz sein?»

Ich grinste mechanisch, weil er ein knöchellanges Nachthemd trug, mit einer blauen Borte am Hals und an den Bündchen. Hinter ihm stand Swantje, blaß und großäugig. Sie kaute auf der Unterlippe und sah mich an wie eine Erscheinung.

«Hol Wasser!» befahl Dirksen. «Also los, Kiwitt – was ist passiert?»

Das Mädchen, das einen etwas zu kleinen himmelblaugestreiften Pyjama anhatte, huschte in die Küche.

«Draußen... draußen...», stammelte ich. «Draußen liegt Harry... Er ist tot!»

Dirksen ließ meinen Kopf los. «Sie sind blau, Kiwitt!»

«Nein», widersprach ich.

«Aber das seh ich doch!» beharrte er.

«Nein, nein», wiederholte ich. «Draußen...»

Swantje kam mit einem Glas Wasser. Dirksen setzte es mir an den Mund. Ich trank einen großen Schluck. Es schmeckte nach Eisen oder Jod oder so was. Mir wurde besser. Ich setzte mich auf.

«Geh schlafen, Swantje», sagte der Vogt. «Ich bring ihn schon ins Bett.»

«Was ist denn, Vater?»

«Nix», sagte er. «Geh schlafen!»

Sie verließ widerspruchslos das Zimmer. Ich sah ihr nach. Sie war barfuß. Ich hörte ihre leisen, klatschenden Schritte auf den Küchenfliesen. Eine Tür klappte. Wir waren allein.

«Können Sie aufstehen?» fragte Dirksen, der sich aufgerichtet hatte und in seinem langen Nachthemd wie ein bärtiger Erzengel vor mir stand.

«Ja», sagte ich, erhob mich wankend, holte tief Luft, streckte die Hand nach dem Wasserglas aus und trank es aus.

«Also, was ist los?» fragte er ruhig. «Warum sind Sie angezogen mitten in der Nacht?»

Ich setzte mich und berichtete. Ich berichtete sicher weder sonderlich zusammenhängend noch sonderlich klar und verständlich, aber ich schien ihn doch davon zu überzeugen, daß ich nicht betrunken war, obwohl die Cognacflasche, die heil auf dem Fußboden lag und deren Restinhalt auf die weißgescheuerten Dielen geflossen war, gegen meine Nüchternheit sprach.

«Warten Sie hier», sagte er, als ich fertig war. «Ich zieh mich gleich an...» Er ging in sein Arbeitszimmer – also schlief er wohl dort auf der buntbezogenen Couch. Wahrscheinlich hatte er mir die Dachkammer überlassen.

Es dauerte keine fünf Minuten, bis er zurück kam. Er hatte seine ausgebeulte Manchesterhose und den dunkelblauen Troyer einfach über das Nachthemd gezogen. Ich sah das blaue Bündchen noch aus dem Pulloverärmel gucken. Er stieg in die kurzen Gummistiefel, die am Windfang standen, fuhr in die Jacke, die an der Wand hing, stülpte seine Schirmmütze auf das vom Schlaf zerzauste Haar und forderte mich, eines der Gewehre schon in der Hand, auf:

«Los, gehen wir!»

Obwohl mir grauste, noch einmal zu dem Toten zu gehen, wagte ich keinen Widerspruch, erhob mich und folgte ihm ins Freie.

Der Wind war nicht mehr so stark wie vorhin. Ich fror trotzdem.

«Wo?» fragte Dirksen.

«Dort im Dünental.»

«Weit weg?»

«Paar hundert Schritte.»

Er ging voran. Ich bemühte mich, Schritt zu halten. Der Hund winselte in seinem Zwinger.

«Kusch, Hasso!» rief Dirksen. Das Tier schwieg sofort.

Der Vogt nahm, als wir an dem dunklen Schuppen vorüber waren, das Gewehr von der Schulter und legte den Sicherungshebel um.

Harrys Leiche lag jetzt halb im Schatten, den eine etwas höhere Düne warf. Nur auf der Kapuze der Öljacke glitzerte noch das Mondlicht. Dirksen blieb vor dem Toten stehen und sah auf ihn nieder. Dann blickte er sich um.

«Von wo sind Sie gekommen?» fragte er leise, so als wolle er den Jungen nicht wecken.

«Vom Strand...» Ich flüsterte auch. Mir bebten die Lippen. Ich weiß nicht, ob vor Kälte oder vor Entsetzen. Ich beugte mich hinunter.

«Fassen Sie nichts an!» sagte der Vogt. «Haben Sie vorhin schon...?»

«Ja, ich habe seine Hand angefaßt. Er muß schon länger tot gewesen sein, als ich kam. Die Hand war ganz kalt.»

«Kommen Sie», sagte er und nahm mich am Arm.

«Sollen wir ihn denn hier einfach so liegen lassen?» fragte ich.

«Ja», sagte er bestimmt. «Wir können doch nichts mehr helfen. Ich ruf gleich die Kripo an. Nachher leg ich noch eine Decke über ihn. Sie gehen schlafen. Es dauert sicher ein paar Stunden, bis die hier sind.»

Wir wandten dem Toten den Rücken und gingen langsam zurück zum Haus.

«Ich kann nicht schlafen!» sagte ich.

«Dann machen wir uns einen Tee... Haben Sie irgendwas gehört, als Sie vom Strand kamen?»

«Nichts!» sagte ich.

Swantje war wach, als wir wieder ins Haus kamen. Sie saß im großen Zimmer. Sie hatte einen altmodischen, großgeblümten Bademantel an. «Was ist los, Vater?» fragte sie ängstlich. «Ich habe euch weggehen hören...»

Der Vogt runzelte die dichten Brauen, stellte das Gewehr in den Ständer und zog die Jacke aus. Ich hob die Cognacflasche auf, die immer noch auf dem Fußboden lag.

«Du erfährst es ja sowieso in ein paar Stunden, Swantje», sagte Dirksen. «Der eine junge Mann...» Er suchte nach Worten.

«Harry?» wisperte das Mädchen und ließ ihre weitoffenen Augen angstvoll von einem unserer Gesichter zum andern wandern.

«Ja, Harry», nickte Dirksen. «Er ist erschossen worden!»

«Nein!» stöhnte Swantje. Mehr sagte sie nicht. Sie saß mit geschlossenen Augen und halboffenem Mund da. Sie atmete schwer und wiegte ganz langsam den Oberkörper vor und zurück, vor und zurück...

Der Vogt sah ihr zu. Er hatte den Kopf in den Nacken gelegt und hielt ihn schräg. Seine Augen waren zu schmalen Schlitzen gekniffen, seine Nasenflügel vibrierten.

«Geh und mach uns einen Tee!» sagte er plötzlich laut. Seine Stimme klang rostig. «Aber starken, hörst du?»

«Ja, Vater.» Sie sprach ganz ruhig. Sie stand auf und ging in die Küche, als ob sie keine Kniegelenke hätte.

Dirksen ging in sein Arbeitszimmer zum Telefon. Er ließ die Tür hinter sich offen. Er wählte; dann dauerte es sehr lange.

«Hallo... Fokko?» sagte er schließlich, und dann ein paar Sätze auf plattdeutsch, die ich nicht verstand. Ich hatte heftigen Appetit auf eine Zigarette. Meine Schachtel lag oben auf dem Nachttisch. Ich stand auf, um sie zu holen.

Swantje lehnte am Küchenherd. Das Teewasser summte bereits. Ich hätte ihr gern die Hand auf die Schulter gelegt, doch ich fürchtete, daß sie dann weinen würde; also ging ich stumm an ihr vorüber und stieg die schmale Treppe hinauf zur Dachkammer.

Die Scheinwerferstrahlen streiften die schräge Wand über meinem Bett... einundzwanzig... zweiundzwanzig... Ich war taumelig vor Müdigkeit.

Als ich wieder ins große Zimmer trat, stellte das Mädchen gerade die Tassen auf den runden Tisch. Dirksen saß auf seinem Platz und stopfte seine Pfeife. «Sie kommen, sobald es hell ist», sagte er.

«Wann wird es hell?» fragte ich.

Er sah nach der Uhr. «In knapp zwei Stunden.»

Es war kurz nach zwei. Swantje brachte das Messing-Stövchen mit dem Teelicht und die bauchige Kanne, die Schale Kandiszucker und das flache Gefäß mit der Sahne und dem eigenartig geformten Löffel, mit dem die Sahne auf den Tee in der Tasse gelegt werden muß. Sie tat die pflaumengroßen Kandisstücke in die kleinen Tassen aus dünnem Porzellan und goß den dunklen Tee darüber. Der Zukker knisterte. Der Tee duftete. Die Sahne bildete unregelmäßig gezackte Sterne auf der duftenden Flüssigkeit. Keiner von uns sagte ein Wort. Wir tranken. Die Zeit verging. Nach der dritten Tasse stand Dirksen auf und zog sich die Windjacke an.

«Wohin gehst du?» fragte das Mädchen.

«Ich will ihn zudecken», sagte der Vogt.

11

Ich habe nie zuvor eine so wortkarge und mürrische Männergesellschaft gesehen wie die, die an jenem Tag im Morgengrauen dem flachen Motorboot entstieg. Zu Sangeslust und Herrenpartie-Fröhlichkeit wäre ich an Stelle der fröstelnden Ankömmlinge allerdings auch nicht aufgelegt gewesen; um halb drei in der Nacht aus dem Bett geholt werden und dann anderthalb Stunden in einem offenen Boot durch Wind, Nässe und Dämmerung über spritzendes Wasser fahren ist wahrhaftig keine Voraussetzung für Gelächterlärm und Gaudi. Schon gar nicht, wenn es eine Dienstfahrt ist, bei der Alkohol ausgeschlossen bleibt und an deren Ziel noch dazu ein Toter liegt.

Sie kletterten zu fünft mit hochgekrempelten Hosen aus dem Boot und wateten breitbeinig stelzend an den Strand, während Dirksen die beiden Anker einbuddelte. Wenn nicht tausend Meter hinter mir unter der braunen Pferdedecke Harrys Leiche gelegen hätte, würde ich die weißen, teilweise krampfadergeschmückten nackten Füße und Waden der Obrigkeit gewiß komisch gefunden haben.

Als erster stieg Fokko Hallenga aus und half dem Vogt, das Boot zu vertäuen. Sein Gesicht kam mir noch länger und hagerer vor als am gestrigen Tage.

Der zweite war ein junger Mann, der zwei schwere Taschen und ein Fotostativ durchs Wasser balancierte. Er hieß Paulsen, wie ich später erfuhr, und hatte einen leichten, nicht unsympathischen Silberblick, was mich zu der Überlegung veranlaßte, wie wohl die Fotos aussehen möchten, die er machte. Er war der Fotograf und Spurenspezialist der Mordkommission.

Der dritte reichte mir, noch barfuß, die Hand und sagte mit metallisch schnarrender Stimme seinen Namen – von Bieberstein oder so ähnlich; jedenfalls ‹von›. Er deutete eine kleine Verbeugung an und schlug die nackten Hacken zusammen, was wohl weh tat und ihn daran erinnerte, daß er seine Schuhe noch nicht wieder angezogen hatte. Er war der Polizeiarzt.

Als vierter stieg Kommissar Lehmann aus. Er hatte seine Hose nicht weit genug aufgekrempelt – das heißt, er hatte sie, wie die anderen auch, bis zum Knie aufgekrempelt; da seine Beine aber bedeutend kürzer waren, machte ihm schon die erste kleine Welle die Aufschläge klatschnaß.

«Mojn, Herr Kiwitt!» sagte er.

«Mojn, Herr Kommissar», gab ich zurück.

Der letzte war Czer... Nein, es fiel mir nicht ein. Er trug die Aktentasche des Kommissars und sah noch bedrückter aus als am Tag zuvor; vielleicht lag es daran, daß er sich offenbar zu schnell hatte rasieren müssen und sein Gesicht von zahlreichen Kratzern und Schnitten geziert war.

Wir zogen in Zweierreihe der Dünenkette zu. Ich hatte dem schwer schleppenden Fotografen angeboten, ihm eines seiner Gepäckstücke abzunehmen, aber er lehnte das ab – ich weiß nicht, ob aus Ehrgeiz oder weil er vielleicht meinte, es sei schon Korruption, wenn er sich helfen ließe.

Wir gingen schweigend, nur vorn an der Spitze des Zuges informierte Dirksen murmelnd den Kommissar. Nach ihm kam Fokko neben dem Fotografen und danach der Herr aus dem Adelsgeschlecht und ich und schließlich Czer... der langhalsige Unterkommissar.

Es war kalt. Die Sonne war zwar schon vor einer Dreiviertelstunde aufgegangen, hatte sich dann aber hinter einer Dunstschicht verkrochen. Der Wind hatte sich gelegt. Die Möwen waren schon sehr aktiv. Ihr Geschrei klang immer lauter, je näher wir den Dünen kamen.

Als wir Harrys Leiche erreichten, nahm Kommissar Lehmann vorsichtig die braune Decke weg und ging um den Toten herum. Er kauerte sich erst auf die eine, dann auf die andere Seite und betrachtete ihn aus verschiedenen Blickwinkeln.

«Vier Aufnahmen von allen vier Himmelsrichtungen», ordnete er dann an. «Ein oder zwei von der Düne dort oben, ein oder zwei vom Weg und eine von da drüben, vor dem Busch. Aber ehe Herr Paulsen auf die Düne klettert, schauen Sie sich dort mal um, Hallenga... und Sie, Alfred!»

Alfred war Czerwinkowialsky. Der Kommissar konnte offensichtlich den Namen auch nicht aussprechen.

«Und Sie erzählen mir bitte, wie Sie ihn gefunden haben, Herr Kiwitt!» wandte er sich nun an mich.

Ich erzählte, so gut ich konnte. Wir standen mit dem Rücken zu Harrys Leiche, die indessen fotografiert wurde. Die zwei anderen Beamten suchten auf der Düne herum. Der Arzt stand ein Stück abseits und rauchte eine Zigarre. Dirksen stand neben mir. Mein Bericht fiel wohl etwas klarer aus als vor drei Stunden. Wenn ich ihn noch oft geben mußte, würde ich es zu einer gewissen Druckreife der Formulierung bringen. Eigenartig, wie rasch der Schreck abklang.

Lehmann hörte zu, ohne mich zu unterbrechen. Aus den Augenwinkeln beobachtete er nebenbei den Fotografen und seine zwei suchenden Männer.

«Ja», sagte er, als ich fertig war. «Und gehört und gesehen haben Sie nichts?»

«Nein, nichts», wiederholte ich.

«Hat es zwischen Ihren beiden Leuten Streit gegeben?» fragte er.

Ich hatte diese Frage erwartet und mir auch schon überlegt, was ich darauf antworten sollte. «Ja», antwortete ich. «Sie haben sich eigentlich seit unserer Ankunft auf der Insel angegiftet.»

«Weshalb?» wollte der Kommissar wissen.

«Wegen des Mädchens», sagte ich. «Aber ich halte das nicht für so... für so dramatisch, daß man daraus ein Mordmotiv konstruieren könnte. Vor allem, Jochen Kieselack ist überhaupt nicht der Typ, Drohungen in die Tat umzusetzen...»

«Ach – Herr Kieselack hat gedroht?» Lehmanns Blick war so kalt, daß mir heiß wurde.

Im Fernsehen und Film im Kino habe ich vielleicht hundertmal gesehen, wie Menschen im Verhör in die Enge getrieben werden – und ebenso oft gedacht, daß *mir* so etwas nie passieren könnte... Da stand ich jetzt, müde und fröstelnd, wich dem Blick des weißblonden Beamten aus und stotterte und verhedderte mich, als ob ich selber Harry über den Haufen geschossen hätte.

«Hat er gedroht?» fragte Lehmann nach.

«Ja», sagte ich. «Er hat heute... eh, gestern nachmittag... Er hat gesagt, daß er Harry umbringt, wenn der... wenn er das Mädchen anfaßt... Aber ich möchte mich fast verbürgen, daß Jochen...»

«Verbürgen? Oder *fast* verbürgen?»

«Mein Gott – ich bin doch nicht dabeigewesen, als das hier passierte!» sagte ich verzweifelt.

«Also halten Sie es nicht für ausgeschlossen, daß Jochen Kieselack...?»

«Doch», sagte ich. «Er ist nicht der Typ. Er ist kein Mörder!»

«Es gibt keinen typischen Mörder», dozierte Lehmann im belehrenden Oberlehrerton. «Wenn ich Ihnen mal eine Reihe Gewaltverbrecher vorführen würde, da würden Sie staunen, Herr Kiwitt, wie wenige da nach Mördern aussehen oder nach Einbrechern oder Sexualtätern.»

«Aussehen! Es geht doch nicht ums Aussehen... Aber ich kenne Jochen Kieselack seit vier, fünf Jahren! Er ist der zuverlässigste und diszipliniertеste Mitarbeiter, den ich bisher hatte. Er ist...»

«Schon gut!» Der Kommissar legte mir beruhigend die Hand auf den Arm. «Wir werden es bald wissen, denk ich... Noch eine Frage: *Hat* denn Harry das Mädchen – also ich meine Fräulein Swantje –, hat er sie angefaßt? Wissen Sie da irgendwas?»

Scheiße! Ich saß da in der Scheiße bis zum Kragenknopf, obwohl ich überhaupt keine Knöpfkragen trage. Lehmann sah mich an. Der Vogt sah mich an. Der Vogt sah mich womöglich noch gespannter an als der Kommissar.

«Nein», sagte ich.

«Was, nein?» hakte der Kommissar nach. «Wissen Sie nichts – oder hat er sie nicht angefaßt?»

«Ich weiß es nicht. Und ich glaube nicht, daß er sie angefaßt hat», sagte ich.

Es blieb mir gar nichts anderes übrig als diese Lüge. Wenn ich von dem gestrigen Gerangel auf dem Bett des Mädchens berichtet hätte – wem wäre damit geholfen gewesen? Und Dirksen...? Ich konnte ihm das nicht antun.

Offenbar hatte ich überzeugend gelogen.

Lehmann wandte den Blick von mir und schrie: «He, Alfred!»

Der Kopf des Aktentaschenträgers erschien hinter der Düne.

«Kommen Sie her!» rief der Kommissar. «Sind Sie fertig?» fragte er den Fotografen.

«Ja», erwiderte der junge Mann.

«Okay», sagte Lehmann. «Wenn Sie sich dann bitte des Toten annehmen würden, Herr Doktor?» forderte er, betont höflich, nun den Arzt auf.

Der schmalschultrige Mann, der ganz unakademisch eine etwas zu kleine Baskenmütze trug, die wie ein Tonsur-Käppchen auf seinem rötlichen Haar saß, kniete sich neben Harry in den Sand und öffnete die dicke, hebammenkofferähnliche Ledertasche.

Ich wandte mich ab. Um nicht sehen oder hören zu müssen, was der Arzt mit dem Toten anstellte, ging ich ein paar Schritte beiseite. Dirksen schloß sich an. Wir standen nebeneinander und schwiegen. Ich hatte den Eindruck, als ob Dirksen irgendwas sagen wollte, es aber nicht über die Lippen brachte.

Ich rauchte. Das war unvernünftig; ich hatte nichts gegessen seit gestern abend und auch nicht geschlafen, sondern nur Tee getrunken. Und nun wurde mir flau von der Zigarette, die mir auch gar nicht schmeckte, die ich aber nicht wegzuwerfen wagte, weil das zu nervös ausgesehen hätte.

Also kämpfte ich gegen Übelkeit, Unsicherheit, aufsteigende Angst und nagende Zweifel und verfluchte die Idee, hier auf der Insel einen Film über die Verhaltensweisen der Silbermöwen zu machen. Ich verfluchte die blödsinnigen Eifersüchteleien der Jungs und sehnte mich nach einem Bett, in das ich mich verkriechen und die Decke über den Kopf ziehen und den ganzen Trouble vergessen konnte.

Lehmann trat zu uns, streifte mich mit einem Blick, zündete sich eine Zigarre an und fragte den Vogt beiläufig: «Seit wann sind Sie mit Ihrer Tochter allein auf Melloog, Herr Dirksen?»

«Seit bald vier Jahren.»

«Ist Swantje denn nicht zur Schule gegangen?»

«Nein. Sie hat bis zu ihrem fünfzehnten Jahr bei meiner Frau Unterricht gehabt... Meine Frau war ja Lehrerin, wissen Sie; wir hatten eine Sondererlaubnis. Wir durften das Kind hier selber unterrichten.»

«Also ist sie jetzt neunzehn?» fragte Lehmann.

«Sie wird am sechsundzwanzigsten neunzehn», sagte der Vogt.

«Ist sie denn nie von der Insel runtergekommen?»

«Doch – öfter. Früher war sie immer mal bei den Großeltern, bei den Eltern meiner Frau, drüben in einem Dorf im Oldenburgischen. Und ich hab sie auch schon mal mitgenommen. Mal nach Emden und mal nach Aurich... Aber in der letzten Zeit natürlich weniger. Wir haben ja zu zweit sowieso kaum die Arbeit geschafft, die hier anfällt.»

«Sie hatte also auch keinen Freund oder überhaupt irgendwelchen Umgang mit Gleichaltrigen?»

«Kaum. Woher denn auch? Ab und zu haben wir Besuch. Im Sommer waren schon mal junge Leute da... Aber dann mußte sie sich auch meistens ums Essen kümmern und so.»

«Ist ja eigentlich kein normaler Zustand, wie?» meinte der Kommissar.

«Nein», gab der Vogt zu. «Aber was soll ich machen?»

Der Polizeiarzt kam, und Lehmann ging mit ihm zu dem Toten und hörte sich dort wohl an, was er festgestellt hatte. Als der Doktor mit seinem ersten Bericht fertig war, nahm der Kommissar die dunkelbraune Decke, die neben der Leiche lag, und breitete sie darüber. Es sah aus wie ein großer Maulwurfshügel.

Die beiden Beamten hatten ihre Spurensuche aufgegeben; offenbar war sie erfolglos geblieben. Nun standen alle fünf beisammen und redeten miteinander.

«Wo ist Ihre Tochter jetzt?» rief der Kommissar über die Schulter dem Vogt zu.

«Im Haus», rief Dirksen zurück.

«Und Dr. Schlünz? Und Herr Kieselack? Wo sind die?»

«Ich nehme an, daß sie noch schlafen. Es ist ja eben erst fünf Uhr vorbei.»

«Sie haben sie nicht geweckt?»

«Nein. Warum, hätt ich das sollen?»

«Richtig; aber es hätte ja sein können... Wir werden sie jetzt wekken müssen.»

«Von mir aus», sagte Dirksen.

Fokko Hallenga, der uniformierte Polizist, und Alfred wurden losgeschickt. Kommissar Lehmann rief ihnen nach:

«Und ohne Aufenthalt direkt hierher! Und möglichst, ohne daß sie miteinander reden!»

«Jawohl, Herr Lehmann!» sagte der Langhalsige beflissen.

Fokko Hallenga legte nur die Hand an den Schirm seiner Dienstmütze.

Der Vogt und ich traten zu der Gruppe, die neben dem zugedeckten Toten stand.

«Hat sich bei der Untersuchung irgendein Anhaltspunkt ergeben, Herr Doktor?» fragte ich.

Der Arzt blickte den Kommissar an. Der Kommissar schob nachdenklich die Unterlippe vor. Dann sagte er:

«Herr Dr. von Bieberstein hat festgestellt, daß der Tod vor mindestens fünf Stunden eingetreten sein muß – also etwa um Mitternacht. Der Schuß ist aus nächster Nähe abgegeben worden – aus ungefähr drei bis vier Meter Entfernung. Es sieht, nach der Art der Wunde zu schließen, so aus, als ob die gleiche Waffe benutzt worden ist wie bei dem Schuß auf Herrn Kieselack, wenn wir davon ausgehen, daß die gestern gefundene Geschoßhülse auch aus der Tatwaffe kam... Ihre Manövertheorie, Herr Dirksen, scheint also nicht richtig zu sein. Aber wir haben bisher nur Vermutungen. Die Obduktion wird uns da vielleicht weiterhelfen.»

Wir standen herum und warteten. Ich sah zu, wie der junge Fotograf seine Siebensachen zusammenpackte. Die Sonne machte mühselige Versuche, die Wolken zu durchbrechen. Hier und da glitzerte schon mal ein Strahl über die Insel und verwandelte alle Farben. Aber die dunkelbraune Decke über dem toten Jungen sah, auch wenn die Sonne sie streifte, immer noch wie ein Maulwurfshaufen aus.

«Wenn ich mit den Leuten hier gesprochen habe, gehe ich mit ihnen rüber ins Haus, Herr Paulsen», sagte der Kommissar. «Dann bringen Sie bitte mit Obermeister Hallenga und Alfred die Leiche ins Boot. Und dann möchte ich Sie bitten, sich sofort und eingehend des Schuppens und der Jagdhütte anzunehmen. Klar?»

«Geht in Ordnung», sagte Paulsen.

Um die Biegung des Dünentals kam Jochen an der Seite des Polizisten. Direkt hinter ihm lief Swantje, allein. Zehn Schritt nach ihr erschien der Doktor, von Czer... von Alfred begleitet.

Jochen und Dr. Schlünz sahen verschlafen aus. Swantje war blaß und hatte Schatten unter den schönen Augen.

«Was ist denn los, Chef?» fragte mich Jochen im Näherkommen. «Harry ist nicht da. Er ist auch nicht im Bett gewesen. Was ist denn passiert? Der Bull... Der Wachtmeister sagt nix. Was gibt's denn?»

«Pst, Jochen!» Ich legte den Finger an die Lippen.

Er sah mich verwirrt an und dann den Maulwurfshaufen, neben dem Lehmann, der Arzt, Dirksen und der Fotograf standen. Swantje stellte sich neben ihren Vater und ließ den Kopf hängen. Dr. Schlünz betrachtete zwinkernd einen nach dem andern, ließ dann den Blick ein paar Sekunden auf der braunen Decke ruhen und sagte heiser:

«Guten Morgen... Würde mir bitte jemand erklären, warum man mich...»

«Sofort!» unterbrach ihn der Kommissar mit einer stoppenden Handbewegung.

Wir standen zu zehnt in einem unregelmäßigen Halbkreis im Dünental. Die Sonne schien durch ein größeres Wolkenloch. Lehmann bückte sich und hob die Decke von Harry Jungnickels Leiche.

Swantje barg schluchzend das Gesicht an der Brust ihres Vaters, der ihr tröstend den Arm um die Schulter legte.

Jochen ächzte entsetzt: «Harry...!» Er drückte den Rücken seiner linken Hand an den Mund und biß sich auf den Mittelfingerknöchel.

«Um Gottes willen!» flüsterte der Doktor. Sein Blick jagte über unsere Gesichter und blieb wieder auf dem Toten haften. «Das ist doch... Das kann doch nicht... Aber das hab ich nicht... nicht... Das hab ich nicht gewollt!»

Lehmann fuhr herum. «Was haben Sie nicht gewollt?»

Dr. Schlünz zuckte zusammen und sah den Kommissar verstört an. «Nichts...» sagte er leise und schloß schwer atmend die Augen.

Der Kommissar wartete. Es war unheimlich still. Nur die Möwen schrien hinter den Dünen, und die See rauschte am Strand.

Schlünz stand da mit gesenktem Kopf und schwieg.

«Sie kommen alle mit ins Haus!» befahl der Kommissar. «Bis auf Sie, Hallenga, Alfred und Herrn Paulsen. Herr Paulsen weiß Bescheid. Und wenn sich was ergibt, Alfred, gleich Bescheid sagen... Die anderen kommen mit.»

Wir gingen gehorsam mit. Im Sechs-Fenster-Zimmer setzten wir uns alle. Der Kommissar kramte aus seiner Tasche, die er tatsächlich selbst vom Dünental bis hierher getragen hatte, umständlich seine gestrigen Notizen und Diagramme aus, legte sich pedantisch die farbigen Filzstifte zurecht und fing an zu fragen.

Ich kam heute als erster daran, und mein nächtlicher Gang zum Leuchtturm und rückwärts am Strand entlang bis zur Stelle, wo ich Harry gefunden hatte, wurde nun mit braunen Linien, schwarzen und grünen Zeit- und Entfernungszahlen aufgezeichnet... Gestern war das noch irgendwie komisch gewesen, aber heute ging mir die Fragerei und die Malerei entsetzlich auf die Nerven.

Dirksen fragte zwischendurch den Kommissar, ob Swantje uns allen einen Tee machen sollte.

«Ich denke, wir warten noch», sagte der Kommisssar. «Vielleicht sind wir bald fertig und können dann mit mehr Ruhe Tee trinken.»

Mich erstaunte diese Antwort; ich wußte nicht, worauf Lehmann solchen Optimismus gründete. Ich sah nirgends einen Anhaltspunkt – außer den verworrenen Äußerungen des Doktors vor Harrys Leiche; aber warum, in drei Teufels Namen, sollte ausgerechnet der kleine, grauhaarige Botaniker Harry erschossen haben? Da gab es doch kein Motiv!

Kommissar Lehmann schloß meine Vernehmung ab und wandte sich, nachdem ich seine Frage, ob ich vielleicht etwas vergessen hätte oder noch etwas hinzufügen wollte, verneint hatte, dem Vogt (blauer Filzstift) zu.

Da kamen Fokko Hallenga, Alfred und Paulsen herein. Der Polizist trug vorsichtig, als sei er zerbrechlich, einen Karabiner vor sich her. Er hatte den Schaft, an dem er die Waffe hielt, mit einem Taschentuch umwickelt.

12

«Hallo», sagte der Kommissar. «Was haben wir denn da?»

«Einen 98 K», meldete Fokko stolz. «Wir haben ihn drüben im Schuppen gefunden. Er hing an einem Pfosten neben der Pferdebox, unter einem alten Fellmantel.»

«Ist er geladen?» fragte Lehmann.

«Geladen und gesichert», meldete Alfred.

«Legen Sie ihn hierher!» befahl der Kommissar.

Fokko legte die Waffe behutsam auf den Tisch. Ich kannte die Flinte – nein, nicht diese; aber diesen Typ. Ich hatte so ein Ding zwei Jahre lang in Rußland rumgeschleppt und seine Teile auswendig gewußt und gereinigt, geölt, ‹wie eine Braut behandelt›...

«Na also!» rief Lehmann mit hörbarem Triumph in der Stimme. «Kennen Sie die Waffe, Herr Kiwitt?»

«Nein», sagte ich. «Ich weiß, daß es ein Karabiner 98 K ist, aber ich habe seit mehr als zwei Dutzend Jahren so ein Ding nicht angerührt.»

«Und Sie, Herr Dirksen?»

«Nein...» Der Vogt räusperte sich.

«Und Sie, Swantje?»

«Nein», wisperte das Mädchen.

«Und wie ist es mit Ihnen, Herr Kieselack?» Lehmanns Stimme wurde ein bißchen lauter und eindringlicher. «Sie haben das Gewehr auch noch nie gesehen, wie?»

«Bestimmt nicht!» Jochen schüttelte energisch den Kopf.

«Und Sie können uns auch nicht erklären, wie es in den Schuppen, neben die Tür Ihrer Schlafkammer, gekommen ist, wie?»

«Nein, das kann ich nicht!» sagte Jochen. «Wenn ich Ihnen sage, daß ich das Ding noch nie gesehen habe – was soll dann die Frage, ob ich erklären kann, wie es...» Er brach ab und hob hilflos die Schultern.

«Das Gewehr gehört mir, Herr Kommissar», sagte Dr. Schlünz leise.

Alle Köpfe wandten sich ruckartig, wie an einer Schnur gezogen, zu ihm.

«Was?» fragte der Kommissar.

Dr. Schlünz saß auf der Kante seines Stuhls vor einem der Fenster. Er saß leicht nach vorn gebeugt, die gefalteten Hände zwischen den Knien, schaute unverwandt die Waffe auf dem Tisch an und begann zu sprechen: «Ich habe es mitgebracht. Ich wollte damit den Tod meines Jungen rächen, an dem dieser Mann schuld ist...» Er hob nur kurz den erloschenen Blick zu Dirksen und fuhr dann, ohne zu stocken, ohne die Stimme zu heben, fort: «Jawohl! Er hat meinen Jungen auf dem Gewissen. Vor zwei Jahren, genau am 15. Juni ist das gewesen. Sie haben zu zweit eine Segeltour gemacht, mein Bernhard und ein Schulfreund – Karl-Heinz Rost. Von Wilhelmshaven wollten sie nach Amsterdam mit dem Boot. Sie sind hier an Land gegangen. Hier auf Melloog. Feuer haben sie sich am Strand gemacht, um sich was zu kochen. Der Inselvogt ist gekommen und hat sie vertrieben. Es sei Brutzeit, hat er gesagt. Geschimpft hat er, weggejagt hat er sie, obschon das Wetter sehr unsicher war. Sie mußten ihre Sachen an Bord bringen und weitersegeln. Karl-Heinz Rost hat noch gebeten, das Gewitter abwarten zu dürfen, das sich im Nordwesten zusammenbraute. Es hat Streit gegeben. ‹Wenn ihr nicht segeln könnt›, hat der Inselvogt gesagt, ‹dann bleibt gefälligst zu Hause – oder habt ihr etwa Angst vor einem bißchen Wind?› Sie sind also losgesegelt. Und eine Dreiviertelstunde später an der Melloog-Balje in einer Gewitterbö gekentert. Mein Junge hat sich nicht halten können, bis der Seenotkreuzer kam. Er ist ertrunken. Seinen Freund haben sie gerettet. Der hat mir erzählt, wie es war.»

Der Doktor machte eine Pause. Er sah mit einemmal zwanzig Jahre älter aus. Keiner im Kreis sagte ein Wort, nur Dirksen wollte ansetzen – aber der Kommissar winkte ihm, zu schweigen.

«Ich heiße nicht Schlünz», fuhr der Doktor fort. «Ich komme auch nicht aus Münster. Es gibt einen Botaniker Dr. Schlünz in Münster. Er ist auf einer Forschungsreise in Südamerika. Er kennt mich nicht. Ich habe seinen Namen und Beruf nur benutzt. Ich heiße Ebeling und bin Filialleiter einer Sparkasse. Bernhard war mein einziges Kind. Meine Frau ist ein halbes Jahr nach seinem Tod auch gestorben. Sie hat es nicht verwinden können. Ich habe seitdem an nichts anderes gedacht als an Rache...» Er hielt inne und sah uns der Reihe nach an. «Klingt das eigentlich komisch? Ein Bankkaufmann, der Rache nehmen will? Ich habe mich oft gefragt, ob das komisch ist...» Er verstummte und starrte auf den Boden.

Niemand sagte etwas. Wir warteten.

«Ich habe mir also dieses Gewehr besorgt», nahm er schließlich seinen Bericht wieder auf. «Ich habe mich als Dr. Schlünz telefonisch mit dem Mörder meines Sohnes in Verbindung gesetzt. Ich habe mich als Botaniker ausgegeben und ihm erzählt, daß ich die Inselflora studieren wolle. Damit hatte ich mich näher befaßt, um dann auch glaubwürdig zu sein. Das gehörte zu meinem Plan. Herr Dirksen lud mich ein, hierher zu kommen. Es war nicht eingeplant, daß hier gerade ein Film gedreht wurde. Das Gewehr hatte ich in einer Rolle, die nach Angelzeug aussah. Ich habe am ersten Abend meinen Hut in den Sand gelegt und selbst durchschossen. Das hat alle überzeugen sollen, daß ich nicht der Schütze sein konnte, wenn am nächsten Tag Dirksen... Am nächsten Tag habe ich auf Dirksen geschossen, am nächsten Abend. Aber es war nicht Dirksen, sondern der junge Mann, der die Mütze des Vogts aufgesetzt hatte. Es war schon zu dämmerig. Ich habe ihn nicht erkannt. Zum Glück habe ich ihn nur gestreift mit dem Schuß...» Er wandte sich zu Jochen: «Bitte, verzeihen Sie mir!» sagte er und hob dem Jungen die offenen Hände entgegen. Die Hände zitterten.

Jochen nickte.

«Ich hatte extra die Vorhänge der Hütte offen gelassen und mich schlafend gestellt. Aber dann habe ich die ganze Nacht nicht geschlafen, sondern darauf gewartet, daß jemand käme, um mich zu holen, weil der Vogt tot war... Es kam niemand. Ich wäre am nächsten Morgen fast verrückt geworden vor Schreck, als ich...» Er schüttelte den Kopf: «Aber das war ja erst gestern... als ich erfuhr, daß ich auf den Falschen gezielt hatte. Und da habe ich meinen Plan aufgegeben. Weil mir das wie ein Fingerzeig vorkam... Und ich habe das Gewehr in einen Kaninchenbau gesteckt, am Rande der Vogelkolonie... Die Möwen haben mich dabei noch angegriffen... Morgen, nein – heute wollte ich weg... Das ist alles!»

Schlünz-Ebeling war fertig. Er lehnte sich im Stuhl zurück und hielt den Blick gesenkt. Ich sah Dirksen an. Der Vogt hatte Schweißperlen auf der Stirn – kein Wunder, wenn man gerade Mörder genannt worden ist und erfahren hat, daß einem jemand ans Leben wollte.

Der Kommissar hatte sich erhoben. Er ging um den runden Tisch herum auf Schlünz-Ebeling zu, legte ihm kurz die Hand auf den Oberarm und sagte: «Ich muß Sie festnehmen, Herr Dok... Herr Ebeling, wegen versuchten Mordes.»

«Ich bin darauf vorbereitet», sagte der kleine Mann. Es klang fast, als sei er erleichtert.

Lehmann trat zurück, machte zwei rasche Schritte nach links und fuhr Jochen an: «Und wann haben Sie die Waffe entdeckt und an sich genommen?»

«Ich...?» Jochens Hände krampften sich um den Sitz seines Stuhls.

«Ja, Sie!» Der Kommissar beugte sich ein wenig vor und ließ seinen bohrenden Blick nicht von den Augen des Jungen. «Oder wollen Sie abstreiten, daß Sie Ihren Kollegen bedroht haben? Daß Sie gesagt haben: ‹Ich bringe dich um, wenn du das Mädchen anfaßt!›?»

«Nein...» stammelte Jochen. «Nein, das streite ich ja nicht ab! Aber ich... Ich habe doch... Ich habe Harry nicht...»

«Ogottogottogott...» wimmerte Swantje neben mir. Sie hatte die Hände vor ihr Gesicht geschlagen und weinte.

«Keiner außer Ihnen, Kieselack, hatte ein Motiv», sagte der Kommissar. «Keiner! Und eine Waffe hatten Sie nun auch... Ich verhafte Sie wegen Mordverdachts!»

Jochen sprang auf. Er war totenblaß. Alle außer dem falschen Doktor und Dirksen sprangen auf.

«Chef, bitte – Chef, helfen Sie mir!» rief der Junge und sah mich flehentlich an.

«Handschellen!» befahl der Kommissar, der beim Aufspringen des Jungen schnell zurückgetreten war.

Ich war außer mir. «Es wird sich aufklären! Beruhige dich, Jochen!» rief ich und stieß, während der Polizist dem verstörten Jungen die Handschellen anlegte, in ohnmächtiger Wut die geballten Fäuste in die Hosentaschen.

Da geriet mir der Zettel in die Finger, den ich aus Harrys Öljacke an mich genommen hatte. Ich zog ihn heraus und faltete ihn hastig auseinander... Es war ein postkartengroßes kariertes Stück Papier, offenbar aus einem Ringbuch gerissen.

Komm dreiviertelzwölf ins Dünental, Liebster.
Deine Swantje.

«Halt!» rief ich. «Warten Sie, Herr Kommissar!»

«Was gibt's denn?»

«Hier...» Ich gab ihm den Zettel. «Ich habe das heute nacht in der Jackentasche des Toten gefunden.»

«Und das geben Sie mir erst jetzt?» schnauzte der Kommissar.

«Ich hatte es vergessen!» sagte ich kleinlaut.

Er las den Zettel. «Haben Sie das geschrieben?» fragte er Swantje.

Das Mädchen griff nach dem Papier, aber Lehmann zog es zurück und hielt es ihr vor die Nase.

«Nein!» sagte sie.

«Haben Sie das geschrieben, Kieselack?» fragte der Kommissar den Jungen, der zwischen Fokko und Alfred stand, die gefesselten Hände vor der Brust.

«Nein», sagte Jochen.

«Nun, das wird sich ja feststellen lassen... Alles bleibt hier im Zimmer! Hallenga, Alfred – Sie durchsuchen sofort alle Taschen nach einem Notizblock mit Ringen und solchem Karopapier... Und alle Räume... Und Sie helfen bitte, Herr Paulsen!» Er zeigte den drei Männern den Zettel.

«Jawoll!» sagte Fokko.

«Sparen Sie sich die Mühe», sagte plötzlich Dirksen im Hintergrund. «Das ist mein Block...» Er griff in die Tasche seiner Jacke, holte einen Notizblock heraus und warf ihn auf den Tisch neben das Gewehr. «Ich habe den Zettel geschrieben. Ich habe ihn geschrieben und ihn in die Jacke dieses... dieses Harry gesteckt, nachdem ich zufällig ein Gespräch zwischen ihm und Herrn Kiwitt mitgehört hatte... Es war wirklich zufällig. Als ich den Karabiner im Schuppen verstecken wollte... Den hatte ich schon vorher aus dem Karnickelbau geholt; ich hatte durch das Fernglas gesehen, wie der Doktor dort was versteckte. Ich wollte die Waffe eigentlich zunächst nur sicherstellen. ‹Ein Verrückter›, dachte ich. Und dann kam das Gespräch. Und da fiel mir ein, daß meine Tochter beim Abendbrot an der Jacke des Burschen rumgefummelt hatte. Ich ging ins Haus und sah nach und fand eine zärtliche Einladung für die Nacht... Eine Einladung an diesen Lumpen. ‹Geliebter!› hatte sie geschrieben...» Er lachte böse. «Geliebter!» Er verzog das Gesicht. «Ja... Und dann hab ich *meine* Einladung geschrieben. Die Einladung zum Sterben... Ja, so war das... Machen Sie dem Jungen die Handschellen ab, Kommissar. Hoffentlich passen sie mir. Ich habe so kräftige Handgelenke...»